火车

牵引的诗情

赵福武 著

中国铁道出版社有限公司
CHINA RAILWAY PUBLISHING HOUSE CO., LTD.

图书在版编目（CIP）数据

火车牵引的诗情 / 赵福武著 . -- 北京 ： 中国铁道
出版社有限公司， 2025. 6. -- ISBN 978-7-113-32268-7

Ⅰ. I227

中国国家版本馆 CIP 数据核字第 20254UG472 号

书　　名：**火车牵引的诗情**
作　　者：赵福武

责任编辑：付巧丽　　　编辑部电话：（010）51873179
编辑助理：胡晟铭
装帧设计：刘　莎
插图绘制：张子韵
责任校对：安海燕
责任印制：高春晓

出版发行：中国铁道出版社有限公司（100054，北京市西城区右安门西街 8 号）
网　　址：https://www.tdpress.com
印　　刷：天津嘉恒印务有限公司
版　　次：2025 年 6 月第 1 版　2025 年 6 月第 1 次印刷
开　　本：880 mm×1 230 mm 1/32　印张：6.75　字数：185 千
书　　号：ISBN 978-7-113-32268-7
定　　价：30.00 元

钢轨诗行：赵福武与他的诗情世界

◎王 雄

赵福武是我的文友。

这位铁路养路工出身的诗人，多年来，以铁轨为琴弦，始终在火车车轮的韵律与钢轨的撞击声中捕捉创作灵感，用真诚铺就钢轨诗行，享受着诗趣的快乐。他的新诗集《火车牵引的诗情》，无疑是钢轨枝条上结出的诗意果实，恰似一列满载时代记忆的火车，在钢轨与枕木编织的五线谱上，轰隆隆地驶向文学远方。

我以为，只有心灵充盈着诗情，才能处处感受生活中的诗意。

赵福武的诗，以铁路为核心意象，以一帮养路工兄弟为主要人物，将工业文明与人文情怀巧妙融合，表达了对普通劳动者命运的深情观照，构建起了兼具现实主义底色与浪漫主义情怀的诗意世界，形成了独特的艺术风格。

赵福武的诗，融入了铁的硬度和他所亲身经历的劳动细节，将个体经验升华为一代铁路人的集体记忆，实现"小我"与"大我"的共鸣。既是工业美学的诗性探索，更是铁路人的精神史诗。

一

40年前的一天，17岁的赵福武乘客轮来到武汉求学。他伫立在甲板上，第一次看到了雄伟的武汉长江大桥，顿时惊讶得捂住了嘴巴。这时，一列蒸汽火车由南向北，气势磅礴地横跨长江。钢铁巨龙与江涛共鸣的壮美，恍如一幅充满动感的油画，在他心底埋下了双重隐喻——工业文明的震撼与诗意萌芽的震颤。

赵福武是怀揣开火车的梦想，来到武汉铁路司机学校的。然而，毕业时，他却当上了一名养路工。20世纪80年代，养路工作条件艰苦，风里来雨里去，全靠手工作业和繁重的体力劳动。

艰苦寂寞的养路生活，让写诗成为他的精神寄托。他对养路工师傅能干、苦干的精神，充满了敬意。那些紫红色的胸膛和坚实的肌肉，张扬着青春和生命的力度，让他有了一种写作冲动，他决心将这些动人场景用诗歌记录下来。

工作之余，他酷爱读书，潜心写作。他发表的第一首诗《黄昏》，描绘了养路工伴着夕阳暮归的画面，展现出养路工乐观向上的生活态度。当看到自己的诗变成铅字时，他激动得热泪盈眶。正是这首小诗，成为他诗歌梦想起航的标志，更加坚定了他写作的决心。

赵福武长年在铁路基层工作，先后干过养路工、计工员、政治教员、党委宣传助理、车间副主任等职。若干年后，他担当了武汉桥工段武汉长江大桥车间党支部书记，成长为一位有影响力的铁路诗人。至此，他从武汉长江大桥这巨幅油画的欣赏者，成为了油画中的一道美丽风景。

他瘦弱的身躯，经受住了岁月的敲打，也逐渐变得如黑铁般坚硬。

二

坐落在武汉市汉阳火车站旁的花街，一夜间成了网红打卡地，吸引着南来北往的人们前来观赏。

赵福武的家就在花街。

2024 年 6 月，我回洪湖老家看望老母亲，路过武汉。我想到了赵福武，也借机去看看花街。

一条锈迹斑驳的铁轨穿行而过，枕木上长满了苔藓，两侧是乡村式的青砖红瓦房。每家房前都长满了花草，百花竞放，鲜艳夺目。于是，有了一个好听的名字：花街。

这天是星期天，一大早，我从武昌站下车后，就直接去了花街。走进花街，花香四射的大背景，弥漫着浓浓的烟火气。我顺着铁轨来到了赵福武的家门前。赵福武迎了上来："我应该去接站的，昨晚值班，刚下班，失敬了。"

赵福武介绍道，这条废弃的铁路原来是一条通往归元寺的专用线，汉阳火车站的运输物资，大都是通过这条专用线装卸。后来有了高铁，汉阳火车站冷清了，这条专用线就废弃了。然而，沿线的许多铁路设施都保留下来，就成了一种记忆。街坊们响应政府美化城市的号召，在家门前种植花草，开办读书角，创办文化墙，花街成了一条文化街。

赵福武指着门前右侧的文化墙说："这是我创办的诗歌乐园，全是铁路诗，是我精神上的诗与远方。"我仔细察看着，上面贴满了报刊剪辑，都是赵福武发表的诗歌作品，其中《人民铁道》报的红色报头很打眼。

正是这条花街，将赵福武与他的诗歌世界联系起来。赵福武的诗歌墙就生长在这片工业遗迹与市井烟火交织的土壤上。清晨，他踏着露珠浸润的枕木上班，傍晚，他循着钢轨的余温归家，这种日复一日的"铁道丈量"，构成了他独特的创作仪式。正如他在《家园》中吟诵："把家园安置在铁道边 / 我就成了铁路家族的一员……没有谁比我更了解铁路 / 一如我谙熟自己 / 因为，我是铁路的儿子。"

太阳出来了，当花街的文化墙映照出第一缕晨光时，我仿佛看见，钢轨诗行正在地平线上书写新的诗篇。

三

铁路是赵福武诗歌永恒的主题。

他的诗离不开铁路，离不开大桥，离不开他的养路工兄弟。他在《我的眼里只有铁》中写道："我的眼里只有铁 / 亮闪闪的铁 / 温柔地舒展，成一首唯美的诗。"他喜欢铁的力量，喜欢火车车轮的声响，他就是"穿梭于诗行里的火车 / 是奔跑的铁"。

赵福武用诗歌记录铁路的进步、时代发展，将个人命运与铁路发展紧密联系起来。《你好！复兴号》中："多少深情的目光在张望 / 一列又一列，中国制造复兴号 / 日行万里，只在朝夕之间。"《我和铁路有个约定》中："每个人心中都有一团火，渴望燃烧 / 我们将火红的日子，连同汗水均匀地搅拌 / 像种子一样播撒在钢轨、枕木、道床间。"诗中的"我们"，永远是精神抖擞、意气风发。

他将铁轨、道砟、道钉、信号灯等铁路元素，化作语言的颗粒和诗的意象，成为他歌颂铁路的载体，让铁路元素赋予了情感、温度和生命。"一根根钢轨和枕木精妙地连缀 / 形成一行行悠远的

诗""线路上的螺纹道钉／分明是丹青妙手雕出精美的花／检车锤
在琴弦般的股道间／敲响，编钟一样悦耳的音符"……这些形象而
生动的表达，活化了铁路元素，让冰冷的钢轨获得了血肉的情感。

他善于从养路工日常劳动中提炼诗意，那些被岁月磨亮的养路
工具，在他笔下获得新生。他将用铁镐、铁耙、铁叉松动道砟的场景，
转化为将火红的日子播撒在钢轨间，让生硬的机械劳作还原成有节
奏感的浪漫。如《我喜欢与金属有关的物件》中："在铁与铁、铁
与肉相互碰撞／发出的'唑唑'呻吟声中／我感知到了每一寸肌肤
／和绷紧的神经所带来的艰辛与快乐。"通过对工具与人的描写，展
现劳动者与工具的亲密无间。

四

赵福武的诗歌宇宙里，养路工是永远的主角。他用文字的探伤
仪，扫描那些被汗水浸透的脊梁。他聚焦养路工兄弟的日常劳动场
景，用细腻的笔触刻画他们的坚韧与孤独。如《劳动号子》中的描
写："一声声吼出来的劳动号子／咸涩而坚硬／像饱含铁质的汗水
／滚落在钢轨、枕木和道床间。"这种铿锵有力的号子声，既真实地
还原了场景，又歌颂了劳动者的奉献精神。

《钢轨》诗中，钢轨被描述为"铁路家族中的长子"，既有"坚
韧不拔的身躯"，又有"柔软之心"，象征铁路人刚柔并济的精神。
通过一颗道钉、一盏信号灯等微观视角，折射铁路发展和时代精神，
"一生坚守一个位置""昂首挺胸的姿态"的钢轨，用具象的表述，
象征铁路人坚守职守的精神图腾。

赵福武诗歌中的养路工，展现了铁路工人"出大力、流大汗"
的奉献精神。如《养路工的手》中"在阳光下闪耀光芒／这是一双

被汗水浸润的手／比钢铁坚韧耐磨"，他将劳动者精神升华为对生命的礼赞。他将平凡中的崇高感贯穿其中，通过塑造养路工、巡道工群像，赋予平凡劳动以史诗般的庄严，体现对铁路一线劳动者的敬意。

这种对劳动者的个性表达，在高铁时代获得了新的诠释维度。当他在《星夜，与高铁共话桑麻》中写道："夜幕下，我们在高铁线上'绣花'／火一样的花儿绽放在夜色中／划出一道道优美的弧线／如同燃放的礼花绚丽灿烂。"传统养路工的质朴与高科技时代的精密，在诗意中达成奇妙的平衡。

五

情系故乡，是诗人的天性。

故乡与铁路，成就了赵福武诗歌的另一方天地。与其他诗人不同的是，赵福武将故乡与铁路融为一体，让乡愁沿着铁轨蜿蜒。他的记忆起源于故乡，却始终沿着长长的钢轨，一路远伸。他在《火车从故乡驶出》中完成时空折叠："从我离开家乡的那一天／母亲就在梦里／修建了一条通往远方的路／与我的铁路无缝连接。"这种将乡愁与铁路焊接的笔法，让铁路意象、铁路主题具有深厚的人文底蕴与时代价值。

让飞驰的火车，满载着对故乡的思念与情感。他在《火车，火车》中写道："火车向南或者向北／都是开往家的方向／归心似箭的火车／满载人间的温馨／一路风驰电掣。"诗人借火车表达对家的思念，展现了铁路在人们情感世界中的独特地位。

诚然，赵福武的故乡诗，少不了通过对故乡人与事、田野与景物的回忆，真诚地抒发对故乡的热爱与思念，以及对往昔纯真岁月的缅怀。《我的故乡和铁路》《有一条铁路铺在父亲的手掌上》《动车开往仙桃》等，描绘了故乡的美好，幻想火车飞驰远方的情景，展现出人与自然和谐共生的美好画面，拓宽了诗歌的主题深度与广度。

六

钢轨从古老走来，承载着厚重的历史和多彩的故事。

我一直以为，好的文学作品首先是讲好故事，诗歌也应如此。因为故事能够吸引读者，能够让读者在阅读中产生联想、共鸣和快感。故事有情节，能让华美的诗句落地、写实。

赵福武善于用诗歌讲故事，他在《老钢轨》中讲述道："一段偃卧在郊外的铁路 / 瘦长的身躯锈迹斑斑 / 像一部古老的书卷 / 记载了许多不为人知的往事。"老钢轨本身就是故事，诗人娓娓道来的叙述方式，增强了历史感和神秘感，给人以阅读的欲望。

再看《我的花街生活》："琴台边、月湖畔 / 乡村式小阁楼 / 宛如梧桐树上的一个鸟巢 / 清晨，翡翠般的鸟鸣 / 穿过薄雾 / 清风，携带缕缕花香。"这些精彩的诗句，有时间、地点，有梧桐树、鸟巢、花香和鸟鸣声，充满着趣味与动感。这些生活细节和故事情节，立体展示了诗人的花街生活。

《赴一场春天的盛会》讲述了诗人乘坐高铁去北京观看冬奥会的故事，用"邂逅一场冰雪奇缘""走进美妙的童话世界""一个个跳动的音符"形成故事的逻辑链，让画面携带故事基因，动词成为隐形的叙事针脚，增强了诗歌的感染力。

七

在赵福武的诗学体系里，铁路是物理存在，更是工业美学符号。

他在《月光落在钢轨上》中，用审美的角度，破解钢轨与火车的密码："火车如约而至，像一尾剑鱼 / 从时光的源头游来 / 又仿佛一颗流星，划过夜空。"这种将工业结构转化为诗学结构的尝试，在《高铁路过晓月湖》中达到巅峰："晓月湖畔，一群水鸟腾空而起 / 贴着湖面，与高铁列车并行飞翔 / 仿佛徜徉在灵动的水墨画卷之间。"诗人用晓月湖、水鸟与高铁，筑构起一幅美丽的图景，有情节，有意境。这些不仅是具象化的草木、钢铁之美，而且形成了从具象到抽象、从局部到整体的美学感悟和美学审视。

美是社会的产物。中国高铁作为崭新的美的事物，在彰显"中国速度"的同时，也在影响和改变人们的思想、意识、观念和审美。赵福武敏锐捕捉到了这一美的闪光点。当"复兴号"在诗句中飞驰，我们看到的不仅是速度的狂欢，更是诗人用生命刻度丈量出的文明轨迹。他在《穿越南北的幸福写意》中感叹道："当我坐在复兴号车厢里 / 享受智能技术带来的美好出行体验 / 人性化的舒适和唯美难以用语言形容 / 令我开启了穿越时空的梦幻之旅……"

赵福武的诗歌创作实践印证：真正的铁路诗歌不是简单的机器赞歌，而是将人的温度注入钢铁的纹理，让读者获得美的愉悦与快感。

期待赵福武的诗意世界更加广阔，写出更多、更美的钢轨诗行。

（作者系中国作协会员、中国铁路作协名誉主席、《人民铁道》报原党委书记、社长）

目录

📍 **第一辑 钢铁锦绣**

爱上一条条钢铁织就的锦绣 / 3

水墨画里有我的一条铁路 / 4

我站在高高的山冈上深情眺望 / 6

你好！复兴号 / 8

我和铁路有个约定 / 9

复兴号抵达瓜果飘香的岭南 / 11

与铁路互诉衷肠 / 14

春运，春之韵 / 16

火车带着灵感而来 / 19

铁道边的向日葵 / 21

钢 轨 / 22

飞驰在钢铁锦绣之上 / 24

高铁路过晓月湖 / 25

一桥飞架南北 / 26

动车开往仙桃 / 29

钢铁秉性 / 31

钢轨能听懂我说的话 / 33

闪耀南北的钢铁锦绣 / 34

铁路人倾情描绘的吉祥年画 / 37

火车的声音 / 39

高铁诗音画 / 41

我的眼里只有铁 / 42

钢铁城堡 / 43

钢铁河流 / 45

第二辑 路情绵绵

火车牵引的诗情 / 49

劳动号子 / 51

告白铁路 / 52

我的养路工兄弟 / 54

老钢轨 / 56

我与铁路朝夕相伴 / 57

我喜欢与金属有关的物件 / 58

路情绵绵 / 60

阳光下的铁路 / 61

月光下的铁路 / 62

我的梦幻列车 / 64

一只蝴蝶,飞进我蓝色的梦工厂 / 65

合欢树 / 67

在火热的工地上 / 68

我想用笔抵达钢铁深刻的内涵 / 70

钢铁音乐厅 / 71

音乐工地 / 73

火车从故乡驶出 / 75

有一条铁路铺在父亲的手掌上 / 77

目光向着火车开来的方向 / 79

一场雪的邀约 / 81

工区里色彩斑斓 / 82

把阳光和鲜花种在铁道边 / 84

焊　枪 / 86

道　砟 / 87

铁路方言 / 88

铁道边的伙伴 / 89

火车情缘 / 90

铁道边抒怀 / 91

月光落在钢轨上 / 92

祝　福 / 93

用一生的光阴吟咏铁路 / 94

养路工的手 / 96

第三辑　人生典藏

仰望大桥 / 99

我的梦之桥 / 101

大桥人的中秋节 / 103

动车开过武汉长江大桥 / 104

武汉长江大桥六十五周年记 / 106

开往武汉的列车 / 107

穿越南北的幸福写意 / 108

赴一场春天的盛会 / 110

不夜编组场 / 112

鏖战风雪图 / 113

天窗点 / 114

汉宜铁路，青春栖居之地 / 115

星夜，与高铁共话桑麻 / 117

高铁夜画 / 119

以劳动唤醒黎明 / 120

四季诗行 / 122

火车，火车 / 123

想起那些老伙计 / 125

我的铁路我的梦 / 126

新年畅想 / 128

对一把镐的回忆 / 130

撰写铁路的诗篇 / 131

民间铁路 / 132

黄 昏 / 134

那条老线 / 136

中国铁路 / 137

筑路汉子 / 138

第四辑 如影随形

我的工区我的家 / 143

我家住在铁道边 / 145

与铁路毗邻而居 / 146

家 园 / 147

高铁从家门口过 / 149

我的故乡和铁路 / 151

火车在今夜抵达 / 153

时光列车 / 155

我的铁路和花街 / 156

巷子里 / 159

我的花街生活 / 160

兄 弟 / 161

父 亲 / 162

父亲的火车 / 163

母亲喜欢看铁路 / 165

陪母亲坐火车 / 167

母亲的彩虹桥 / 169

往事挂在屋檐下 / 171

那盏油灯 / 172

贴春联 / 173

童年的巷子里 / 174

在琴台边居住 / 176

路过王家巷码头 / 177

散装的乡愁 / 178

故乡的红蜻蜓 / 180

我一直想着你 / 181

古老的纺车 / 182

老巷故事 / 184

春　晓　/　185

春天，边走边唱　/　186

秋　韵　/　187

大雪将至　/　188

一只喜鹊　/　189

栀子花　/　190

红月亮　/　191

那只黄鹤，像一首诗飞走了　/　192

镌刻在黄鹤楼上的诗情　/　193

窗　外　/　195

后　记　/　196

第一辑　钢铁锦绣

爱上一条条钢铁织就的锦绣

爱上铁路，就像爱上了春天
太阳四季散发着温暖
万物葱茏，我爱的铁路，像锦缎一样
铺展在心的旷野

风来了，春色扑面
雨来了，暗香浮动
而我，偏爱广袤的中华大地上
那一条条钢铁织就的锦绣

它们像光明的岁月，曲径通幽
也像我激情澎湃的血液
在祖国的大动脉里涌动，温暖我
一生一世

水墨画里有我的一条铁路

在岁月的宣纸上画山、画水
不经意，我画出了一条铁路
它穿越江南烟雨
途经我的梦幻家园

我深爱的故乡
草木葱茏，春意盎然
那是我的一条铁路
我用透明的水晶作道砟
用陈年的檀木作轨枕
倾情铺设一条情感的铁路

我的铁路在时光里深情呈现
穿越哈萨克斯坦、俄罗斯
穿越波兰、德国、法国、西班牙
横贯欧亚大陆
连绵万里

我的铁路在水墨画里如此唯美
我为它自豪，为它高歌
在我的梦里
它是一条五彩缤纷的铁路

我的热爱和我的幸福
洋溢在墨香里
镌刻在我的铁路上

我站在高高的山冈上深情眺望

当我站在高高的山冈上深情眺望
中华大地如一匹五彩缤纷的巨帛
一条条铁路像金针
一列列动车似银梭
一群群编织钢铁锦缎的铁路人
以铁路为针，以汗水为线
在960多万平方公里的土地上
日夜刺绣，一年年、一辈辈

白天，他们用太阳的光芒穿针
夜晚，他们借月亮的皎洁引线
寒冬不惧三九，盛夏不畏三伏
春风秋雨，汗水流淌到哪里
哪里就是通往故乡的幸福之路

这是一群浸染"中国元素"的铁路人
祖祖辈辈用钢铁刺绣
他们用"中国智慧"绣出一座座大桥
飞架南北，天堑变通途
他们用"中国精神"绣出一条条铁路
穿越蜀道，山谷成坦途
他们用"中国制造"绣出一列列高铁

在广袤的土地上，风驰电掣

当一句句赞美的诗行涌向我的笔端
我想竖起大拇指
棒极了！铁路人
"大国工匠"中的佼佼者
他们不仅用"中国力量"
打通国民经济大动脉的"任督二脉"
他们还用"中国技法"
铸就了一张闪耀世界的名片

而此刻，我最想赞美
铁路人的品格和美德
是他们，传承中国文化
在新时代复兴之路上
绣出了一条越来越开阔的大道

你好！复兴号

在春天里深情地唤你的名字
而你发光又发热的名字早已飘香千里
青山绿水、白云深处，千顷麦浪
百万朵油菜花欢天喜地迎迓和恭送
你短暂的停留，远行的身影
成为一道又一道风景
美丽如画

画中"喳喳"欢叫的喜鹊登上了柳枝头
多少深情的目光在张望
一列又一列，中国制造复兴号
日行万里，只在朝夕之间
幸福的人儿更富有诗意的比喻——
白鸽飞翔，蓝天在更白的白云之上
而蓝天之下，复兴号欢快地
奔驰在中华大地上

我和铁路有个约定

一列动车正驰骋在我的沉思里
它奔跑的速度冲破了我记忆的围城
令我想起二十世纪八十年代
火车时速只有五六十公里
我所在的金家墩线路工区
在列车运行图中像一个逗点

平常日子里，我和我的养路工兄弟
使用"三大件"：铁镐、铁耙、铁叉
那些被时光磨砺得锃亮的铁器
将沉积着煤屑、粉尘和板结的道砟
松动、过滤掉杂质，然后回填恢复原貌

那时候，我们出大力、流大汗
每个人心中都有一团火，渴望燃烧
我们将火红的日子，连同汗水均匀地搅拌
像种子一样播撒在钢轨、枕木、道床间
期盼铁路长成枝繁叶茂的钢铁大树
途经我们管内的火车跑得快点、再快点

时光如风，在速度的呐喊中一直奔跑
我清楚记得 2007 年第六次铁路大提速

一趟趟列车，往来穿梭于一座座城市
夕发朝至，朝发夕至
把越来越多的城市紧密联系在一起
我还清楚记得 2012 年京广高铁贯通南北
那些绿皮火车穿越时空隧道
蝶变成了银白色的动车组

岁月峥嵘，四十年弹指一挥间
如今年逾五旬的我和我的养路工兄弟
日常劳动已是"人工智能＋机械作业"
而更令人欣喜的是走出国门的中欧班列
日夜往返于我们精心养护的线路上

此刻，我怀揣自豪和喜悦
与铁路心照不宣地约定
若干年后，我告老还乡时
搭乘高铁或者"慢火车"
仔细看看我养护过的线路
此后，即便相隔万水千山
别离的时光多么久远
我都能在梦中与铁路相会

复兴号抵达瓜果飘香的岭南

金秋时节，农田里稻子黄了
高粱红了，棉花白了
果园里苹果红了，葡萄紫了
广袤的中华大地色彩斑斓
一幅幅丰收画卷徐徐展开
大美图景令人神往

我怀揣喜悦，乘坐京广高铁
从华北平原一路南下
跨黄河、越长江、去岭南
赴一场秋日盛宴

这条贯通南北 6 个省市
延展 2 298 公里的客运黄金通道
像一条悠长的金丝带
串连起北国明媚的风光
南方富庶的风情
绘织出"流动中国"最美的景致

复兴号牵引我绵绵的诗情
远行，仿佛轻踏如歌的行板
在音乐的轨道上滑翔

思绪像羽毛一样轻盈地飞
目光所及，快门抓拍的大片
山如碧玉簪，水如青罗带
秋声和乡音因高远而愈显亲近

车过黄河，我恍惚听到流水从天而来
高亢、激越的音律，叩响古今
我看到古都开封、洛阳
黄河两岸的村庄、农舍
一墩墩麦垛，像一朵朵金花
盛开在离幸福最近的地方
一条条生态长廊
蕴含人与自然和谐之道
中原大地，焕发新的生机

车过长江，我看到山雀子噪醒的江南水乡
日出江花，山泉韵动
一抹云烟氤氲出迷离的醉意
醉人的秋风吹起稻穗千层浪
隔窗，闻到了遍地金黄谷物香
还有莲藕高汤、桂花米酒的清香

向南向南，复兴号加速再加速
一路山水一路景
一路诗画一路歌
我坐在复兴号车厢里
安享智能技术带来的美妙体验
关切的话语，轻声的问候
乘务员微笑服务的甜美

令人温馨如归

远方不远，就在这条高铁线上
我思绪万千，心中默念着
沿途四十几座车站
每一站都是起点，也是终点
又像一首长诗中的一个顿点
仿若美好人生的一座座驿站

此刻，我想用最贴心的诗句
赞美那些在铁道线上挥汗如雨的
养路工、检车工、接触网工
候车厅里，彻夜不眠的客运员
站台上，静静伫立的值班员
像一尊尊雕塑，在静默的时光里
默默守护一列列动车风驰电掣

向南向南，一直向南
过郴州，越南岭，穿大瑶山
复兴号抵达瓜果飘香的岭南
我仿佛又回到明媚的春天

与铁路互诉衷肠

我喜欢
站在高高的山冈上眺望
远方的铁路，乳白色的动车
裹挟着鸟语、花香和清风
扑面而来，又潇洒走向远方

我喜欢
看一列列动车亮丽的身影去往故乡
眼里噙满喜悦的泪花
我喜欢
看春风秋雨里舞动的红黄旗
一如喜欢山外四季飘忽的红纱巾

我喜欢
用悠远一词来形容铁路
一只飞鸟从铁道上空飞过
眨眼间，消失于无垠的旷野
我有了与一条铁路互诉衷肠的冲动

我多么想与开往故乡的动车结伴而行
多么想摘下一片天上的云彩
为它做一袭永不褪色的华丽衣衫
我们携手回故乡参加庆典

春运，春之韵

开往春天的列车
又鸣响了彩色的风笛
笛声牵引，情感的梭丝
一头系着故乡，一头连着远方

穿梭引线的铁路人
来自机车工电辆
一线的能工巧匠、岗位明星
万里铁道线上日夜奔波
心血和汗水凝固责任担当
绘出春韵十足的风景画

凌空飞架的电网上
穿防护服的接触网工
不畏危险攀高
聚精会神，踏出稳健的步伐
昼伏夜出的身姿
像飞檐走壁的"蜘蛛人"
将钢铁五线谱画上天宇

荒郊野外的线路上
穿黄色工装的养路工

不惧风霜雨雪
粗糙的大手，一寸寸抚摸钢轨
神态专注，一丝不苟
躬耕劳作的模样
像钢铁大树上的"啄木鸟"
护航铁龙铿锵前行

灯火通明的整备场
穿蓝色工装的检车员
灵活矫健的身影
像钢铁琴键上跳动的音符
一把轻盈的小锤
上下舞动着
敲击出平安的祝福
天籁之音组合成春的序曲

窗明几净的候车厅
端庄美丽的客运员
笑容灿烂，如春光明媚
为出行的人们搭起爱的桥梁
迎来送往，扶老携幼
热情的陪伴传递亲情
一杯热茶，暖暖的
舒缓多少游子的乡愁

沿途小站，伸出温暖手臂
为旅人的平安接力
站台上静静伫立的值班员
寒风凛冽中，像一尊雕塑

手中挥舞的信号旗
仿若神奇的马良之笔
画出平安、有序、温馨

列车风驰电掣
畅行在无边的春潮里
驾驭铁龙的司机
紧握控制器，一站一站平稳抵达

车厢里，眸光闪亮的乘务员
微笑的眼神，温馨的提示
让旅程更加舒心、体验更加美好
关切的话语，轻声的问候
在旅客心中传递，如春意般荡漾

火车带着灵感而来

收工了，拾掇好机具
回望整修过的一段线路
它刚刚接受了汗水洗礼
就像一株长势极佳的农作物
沐浴了充足的雨露
在夕阳下熠熠生辉

这是我和我的养路工兄弟
共同守护的一段铁路
它就在我的家门口
如亲人一样陪伴着我
风风雨雨三十多年

我深爱眼前这条铁路
它见证了我的青春和爱情
多少次，我都情不自禁
用握惯了铁器的手
写下一些柔软的诗句
以感恩铁路无私的赐予

此刻，我们就在黄昏里
在铁道边静候列车来检阅

一天辛勤劳作的成果
当一列火车安然通过
忽有灵感，风一样跑来
我按捺不住内心的冲动
又写下了一些笃实的诗句

我还想在有生之年
写一千首赞美铁路的诗
尔后，印制成钢铁一样厚重的诗集
带回家，赠送给父老乡亲
让他们知道，一个归乡游子
平凡而不平庸的铁路故事

铁道边的向日葵

铁道边那么多灌木花草
我只喜欢眼前这一株
野生的向日葵

它昂着头，像执拗的孩子
举着一盏小橘灯
向着太阳，深情地张望

火车开来了
呼啸而过的风，吹弯了它的腰
很快它又挺直身板
那一刻，它的脸上
露出黄金般灿烂的微笑

它的目光始终向着太阳
阳光下，我分明看到
我和它的倒影重叠在铁道边
像一座电杆分蘖出来的两台信号机
默默矗立在旷野中

钢　轨

从熔炉里诞生之日起
身体便烙下了世代相传的印迹
这铁路家族中的长子
一落地就扛起生活的重负

和枕木、螺栓、道砟的谦恭不同
它的骨头够硬，亦有一颗柔软之心
坚韧不拔的身躯偃卧在岁月深处
经年累月，粗犷的肌肤上
便呈现出愈发深沉的胎记

它耐磨、耐得住荒野无边的寂寞
在时光的浸润下游刃有余
严寒酷暑，对它而言都一无所碍
春夏秋冬不断给信念淬火
汲取日月精华
增补强身健骨的钙质
那些足够支撑一生的情感和力量

它一生坚守一个位置，心无旁骛
昂首挺胸的姿态
永远指向遥远的方向

它和众多铁路兄弟一样
冷峻沉默，只用行动表达炽热情怀
用坦诚的胸襟承接使命和担当
用火热的激情打造
科学和美学完美结合的风景线
牵引一列列身披华服的火车
跑出诗意和浪漫

飞驰在钢铁锦绣之上

一支绿色的箭"嗖"的一声
从眼前一闪而过
响箭过处，万物葱茏
一派欣欣向荣的景象
我分明看到，那是一列崭新的
复兴号列车
牵引春风，一路浩浩荡荡
唱响激情、豪迈、幸福的歌
风笛声声，擦亮了城市、小镇
和村寨惺忪的眼睛

一列列复兴号
就像快递四季美景的使者
从一座以花命名的城市出发
行走彩云之南
去往无处不飞花的春城昆明
沿途，开启人生浪漫之旅
多少梦想，放飞在钢铁锦绣之上
正驶向辽远，驶向未来

高铁路过晓月湖

金色的晚霞，妆点了碧蓝的天空
黄昏在燕赵大地上翻阅大美风光
宛如时光之手打造的盛世山水图

青山秀水间，薄雾氤氲了夕阳的面容
小草、芦苇、杨柳在熏风中摇曳生姿
悠扬的笛声，擦亮宛平城不眠的眼睛

晓月湖畔，一群水鸟腾空而起
贴着湖面，与高铁列车并行飞翔
仿佛徜徉在灵动的水墨画卷之间

一朵朵浪花从碧波中探出身来
目送身披霞光的高铁列车
踏着凌波微步，穿越卢沟桥
穿过历史的烟云，奔向远方

远方，硝烟早已散尽
一个新时代迈着铿锵步伐走来
一种新生活正在深情地召唤……

一桥飞架南北

翻开六十多年前
一本泛黄的《武汉长江大桥志》
恍惚走进岁月的长廊
一行行铅印的文字遒劲有力
像镌刻在心灵深处
一件件尘封的往事蒙太奇般显影

我看到二十世纪五十年代的黄鹤故里
长江两岸，数不清的工人、农民
扛着钢筋、抬着沙石往来穿梭
蚂蚁搬家一样声势浩大的队伍
劳动的身影辉映春风秋雨
铸就成一幅流动的水墨画卷
画里画外，太阳和月亮轮流升起

永不落幕的火热工地
我听到架桥机昼夜放声歌唱
塔吊潇洒地挥舞长臂尽情抒怀
万里长江上飞架一道彩虹
天堑变通途，跨越千年梦想

气势恢宏的万里长江第一桥

凝聚了大国工匠多少智慧和汗水
我在绪论里找到了坚定执着
我在图表中看到了非凡卓越
八墩九孔、百万颗铆钉
每颗都镶嵌着一个精彩的故事

密密麻麻的技术参数
每一个符号和数字
都像某种特定的象征和隐喻
精美的护栏雕花，典雅的图案
彰显时代的风格和气魄
传递历史一份灿烂
留给后人一份惊喜

时光荏苒，大江奔流千帆竞
六十余载寒来暑往
一代代养桥人秉承
"人在桥上　桥在心中"的精神
殚精竭虑守护大桥安全畅通

从手搬肩扛到机械化作业
再到现代智能化养桥
每一次技术革新都昭示着
大桥与时俱进审美文化的蝶变
而我更相信这是万里长江第一桥
在新时代奋进浪潮中发出的"新语境"

意气风发的养桥人
穿梭在六十余载时空中

扛出黎明，送走黄昏
他们以世代传承的精气神
在长江之上精心描摹
诠释永恒的美学之光
他们深信大桥永远年轻
他们像坚实的桥墩不为流水所动

动车开往仙桃

清晨，登上开往仙桃的动车
霞光扇动彩色的羽翅
携带我的相思在云梦里飞翔

白云追随，轻柔地擦拭车窗
似有时光之手，在我氤氲的目光里
动情地翻动日历。我记住了庚子年
12 月 26 日首趟开往故乡的城际列车
一路托运我沉甸甸的乡情，西行

穿越丘陵、田野、荷塘
那些陌生又熟悉的村庄，从我眼前一晃而过
袅袅炊烟，不改的乡音随影而行
我能够听懂篱笆墙边的鸡鸣和犬吠

当白色的复兴号轻盈地停靠站台
那一刻，我的心头微微震颤
恍若当年一枚青桃砸在头上
留下的疼痛记忆犹新

仙桃啊！仙气飘飘的名字
钢铁藤蔓上的一枚甜果
窖藏三十余年。·如今采撷
我啜饮到了不可名状的鲜美

钢铁秉性

当火车从远方驶来，又从身边
驶向远方。我的目光里
总有一幅动感的画卷
在悠长的铁道线上摇曳生姿

我常常痴迷于眼前美好的景致
总喜欢静静地坐在铁道边
随风而至的灵感，偶尔会
拈出一些掷地有声的诗句

这些带有钢铁意志的语言
质地粗粝，简单的文字
如同我随手捡起的道砟、螺栓
坚强有力，蕴含生活气息

我一直深信，自己谙熟
钢铁的秉性。试图用诗意
酣畅淋漓地表达我内心
对铁路的热爱和感恩

这些年，我写过许多铁路诗
然而我深感手中的笔没有铁器

孔武有力，无法抵达钢铁深刻的
内涵。我还有很多话没有写出来

譬如，一条铁路的内心多么辽阔
能够让火车纵情四方
一辈辈铁路人，一段段钢轨
铸就了多少绵长的情谊

钢轨能听懂我说的话

那些偃卧于旷野中的钢轨
就像我不善言辞的养路工兄弟
拥有钢铁一样坚韧、负重的秉性
与铁路打交道几十年，我发现
无言的钢轨能够听懂我说的话
能读懂养路工兄弟们的喜怒哀乐

平日里，我们用目光和手语
与钢轨打招呼：伙计，你还好吗
更多时候，我们用心交流
当我们躬身劳作，汗水不经意滴落
善解人意的钢轨，似乎也温柔了许多
我相信钢轨能感知到四季冷暖
能读懂养路工兄弟的心思

我们手足相抵的刹那，血脉相通
我深信钢轨就是知音
当我们唱起致远方亲人的歌
钢轨内部便回响高山流水

闪耀南北的钢铁锦绣

我爱祖国的辽阔，爱中华大地上
一条条高铁织就的锦绣
一列列复兴号像一组组奔跑的象形文字
动情地书写新时代高铁的曼妙

当我第一次在巨大的版图上
看到一条纵贯中国南北的金丝绸缎
心头蓦然升腾起难以言表的豪迈
京广高铁，一个多么响亮的名字
我用心丈量，全程 2 298 公里
纵贯五省一市，乡村小镇星罗棋布

当我欣闻，它是当今世界上
运营里程最长的高速铁路
禁不住心潮澎湃，豪情满怀
沿途车站庄重典雅，多像金丝串联的珍珠

我乘坐复兴号从首都出发一路南下
时速 300 多公里的复兴号如白鸽一样飞
那种美妙，像身上长出一对翅膀
又似脚踏风火轮，在蓝天翱翔

我怀揣绵绵的诗情和画意
穿平原、跨黄河、越长江
向着青山绿水的岭南进发
车过黄河时，我心头还在默念
故宫、颐和园、八达岭长城
赵州桥、安阳殷墟
燕赵大地，如同一幅底蕴深厚的古画
京广高铁，串联起五千年灿烂文明

复兴号在加速，来到风景秀丽的江南福地
窗外，一幅一幅水彩画扑面而来
清风，艳阳，色彩，音乐
是的，这里是如画的江南
如果冬日乘坐复兴号
北国千里冰封，南国绿意盎然
八小时旅程可体验四季冷暖

路过气势恢宏的武汉天兴洲长江大桥
我的心儿禁不住欢呼
武汉啊！英雄的城市、英雄的人民
此刻，我要停下来好好看看她的容颜
这是一座弥漫古香古韵的城
龟山脚下，高山流水一直传唱
古阁楼编钟浑厚的声音，时常回响江畔
鹦鹉洲头的芳草，一岁一枯荣
这座现代气息浓郁的城
从岁月的沧桑中走来，历经春秋风雨
如今被称为大光谷、大车都、大学之城

现在，我想知会天南海北的朋友
闲暇的日子，带上一份逸致
牵手你的家人乘坐高铁来江城
来黄鹤故里走一走，看一看
大江，大湖，大武汉
品尝百种风味，饱览千湖风光
吃热干面，喝莲藕汤
逛一逛户部巷，望一望十里晴川
武昌雅致，汉口浓烈，汉阳古典
道不尽武汉的繁荣昌盛与大气华美

还可以沿着京广线踏青采风
以大江大河为背景，仰拍复兴号
路过武汉长江大桥时
以黄鹤楼为背景，用镜头拍下
两江四岸的迤逦风情
灵感来临，你还可以将江汉关的钟声
龟山脚下的古琴声、月湖畔的彩虹雨
汉江上跃起的武昌鱼
连同武汉人民的深情，一道按进快门
制成一本精美的纪念相册
打包带回家，或者赠送给友人
成为非凡时光里一份永久的回忆

"八纵八横"的宏大蓝图上
京广高铁是最耀眼的锦绣
铁路人手中被汗水浸透的工具
灼灼生辉，一如时光题词的花纹
记载着铁路人未曾说出的言辞
记载着他们一生的使命与光荣

铁路人倾情描绘的吉祥年画

火车驶进腊月，年味渐浓
身处异乡、离家日久的人
折叠起乡愁，把沉甸甸的思念
打包，装入行囊
候鸟一样，踏上返乡之旅

善解人意的火车，心情急迫
一路风驰电掣，向南或向北
所有的火车，无论开往何方
都是铁路人的牵挂
绵延万里的铁路
无缝连接起绵绵乡情

车窗外，忽闪而过的山光水色
宛若一幅幅动感十足的年画
近乡情怯的人，深情地翻阅
沿线风光明媚，一如彩墨浸润
万里铁道线上，处处涌动春潮
从塞北到江南，从高空到峡谷
数不清的铁路人在春潮里搬运春天

春运！春运是冰天雪地里线路工

躬身劳作铺就的安全温馨路
是凛冽寒风中检车锤
在繁忙编组场敲响的平安曲
是星夜里登高的供电人耳边的风声
是调车员额头晶莹的汗水
是客运员脸上迷人的微笑

春运，分明是铁路人以一腔热忱
扛起的责任和使命
是日夜不息地坚守、巡视、检修
是铁路人以现代科技结合传统工艺
用心用情描绘的吉祥年画
每一幅年画，都是一个幸福的守望
蕴含着春天般美好的憧憬和祝福

火车的声音

长年累月与铁路打交道
习惯了各式各样的火车
来来往往，鸣响激越
深沉、悠长的笛声
那种富含金属质感的声音
仿佛来自远古
又浸润了现代工业气息
一如天籁，浑然天成

我发现往来的火车，像一条条游龙
在广袤的大地上穿梭
呼啸而过的身影
似古典水墨画，拓印于岁月的宣纸上

早些年，我时常在寂静的夜晚
听到轰隆隆的蒸汽机车
在梦中的轨道上哐当哐当
有节奏地开过，心头
总会生出一股负重奔跑的力量

后来，蒸汽机车的轰隆声
被飞逝的时光带走，藏进远山的褶皱里

取而代之的是内燃机车柴油机的轰鸣
电力机车低沉、有磁性的声音
回旋往复，令人情绪激昂

如今，我惊喜地发现一个秘密
铁道线上所有过往的火车
发出的声音都欢快悦耳
带有色彩、光泽和气味
可以用耳朵听
亦能用嗅觉和心灵去感应
当一列列复兴号飞驰而过
我感受到了钢轨的幽微、灵动
那分明是迷人的现代交响
那一刻，无言的感动和自豪
在心中油然而生

高铁诗音画

在铁路工作三十多年
我亲眼见证了中国高铁
从无到有，到成为亮丽名片
我想以诗音画的方式赞美高铁
以青春的名义为高铁喝彩

瞧！中华大地上一条条高铁
似悠远的长调。沿途一个个小站
像五彩缤纷的音符
复兴号在音乐的轨道上滑翔
一段段无缝钢轨、无砟轨道巧妙连缀
铁道线上流淌着幸福的歌谣

此刻，我想以大地为宣纸
在青山绿水间画出高铁的纵横交错
以传统技法临摹沿线小站
以浓淡相宜的水墨勾勒一盏盏
明亮的信号灯。我想以美学的意韵
描绘出复兴号的飒爽英姿
事实上，所有的述说和艺术方式
都无法完美地表达我对高铁的热爱
我与高铁早已血脉相连、情感相通

我的眼里只有铁

走进铁路，我的眼里只有铁
亮闪闪的铁
温柔地舒展，成一首唯美的诗

穿梭于诗行里的火车
是奔跑的铁，恋爱的铁
始终保持动人的风韵

我喜欢铁的力量和美感
一如我喜欢风花雪月
那些用汗水和原油擦亮的铁
情感充沛，与我志趣相投

在曲径通幽的岁月里
我和铁达成了某种默契
我们之间的情谊
没有什么能够超越

钢铁城堡

我所在的养路工区
地处偏远郊外，坐南朝北
东临汉水，西连滚滚长江
一条京广铁路，穿越百年时光
似历史长河，横亘在眼前
远远眺望，仿若古城堡
充满神秘的美感

这，是我与养路工兄弟们的城堡
像边关哨所，扼守交通要道
四季更迭，它的美亘古不变
火车终日穿梭，笛声袅袅

在这里，我身为一工之长
兄弟们笑称我"钢铁所长"
管辖 50 公里线路的"领地"
每一寸，都是我们心头的珍宝
钢轨如银丝，枕木似檀木
道砟仿若翡翠玛瑙
还有那信号机，彩色美瞳的明眸
与我们一同，日夜守望
火车川流不息地驶向远方

这里的山水草木，分明是
从我们心中临摹出的油画
春日，柳絮纷飞，五彩缤纷
冬季，寒风凛冽，白雪漫天
沿线生长着茂盛的芒草、狼尾草
蒲公英一路追赶火车
见证我们的幸福时光
我们深爱这里，如同眷恋故乡

钢铁河流

凝望偌大的中国地理版图
我发现纵横交错的铁路网
像一条条闪光的大江大河
自然而然，贯通东西南北
数不清的车站宛如珍珠璀璨
古老的黄河、长江镶嵌其间
串联起八方水土、四时风物

奔腾不息的钢铁河流
蕴含哲学景观和美学意味
像能工巧匠饱蘸人间烟火
一代代接续描摹、刻画
呕心沥血创作带有民族记忆
独特底色、生命密码的巨幅国画

时光牵引，画卷徐徐展开
我在时空显微镜下深情打量
浸润百年历史风云的钢铁河流
跨越千沟万壑，登临高原雪域
一路千回百转，激活碧水青山
催发多少城镇山乡沧桑巨变

四季更迭，奔腾不息的钢铁河流
所经之处皆是亮丽的风景线
而我在寒暑交替的时节里
分明看到许多手握巨毫的人
在生动地描绘，真情地演绎
一个个跌宕起伏的故事

岁月流转，波澜壮阔的画卷
一条条钢铁河流活色生香
意犹未尽的绘画大师
在留白处，用写意的笔墨
全景式构筑，动情地加密
刹那间，我感觉身体和心灵深处
滋生出无数生生不息的钢铁河流

第二辑　路情绵绵

火车牵引的诗情

又看到许多色彩斑斓的火车
在我养护过的铁路线上风驰电掣
令人目不暇接
一列列南来北往的火车
有的像玉兔御风而行
有的似绿龙遨游天际
更多的如白鸽翱翔于神州大地

这些动感十足的火车
宛若琴弦上跳动的彩色音符
和着风声、雨声、风笛声
激情演奏气势恢宏的交响曲
悠扬的旋律晶莹剔透

我仿佛听到了春潮涌动的声响
满面春风的火车抖落半身寒霜
呢喃出家乡的口音，清亮的嗓门
一路唱着动人的歌谣
唤醒了苍茫的原野、青黛的远山
唤来大地无限风光

一幅巨大的油彩画卷缓缓舒展

奔驰在画卷上的火车
仿佛一首首气势磅礴之诗
或激越，或厚重

浩荡的春色里，我分明看到
一条条墨玉般的钢轨，如闪亮的绳索
火车像春天的使者
满载着人间美好和温馨
牵引着我们走进新的一天
走进绵绵的诗情画意中

劳动号子

一声声吼出来的劳动号子
咸涩而坚硬
像饱含铁质的汗水
滚落在钢轨、枕木和道床间
溅起清脆的音响
荡漾的回声
令无数雀跃起伏的山峦
怦然心动

那些身着黄色工装的养路工
敞开胸膛一口一口吞吐的音韵
　"嘿哟哟！嘿哟哟！"
像来自季节深处的旋律
久久回荡在旷野中
使寂寞的钢铁唱歌
使孤独的石头开花
畅快的音符，有力的节奏
让养路工浑身充满力量
忘记了劳动的艰辛

告白铁路

我发现铁路沿线遍地都是诗
一木一修辞，一草一隐喻
一粒粒道砟像诗歌的种子
播撒在一望无垠的旷野中
一根根钢轨和枕木精妙地连缀
形成一行行悠远的诗

我发现铁道线上每一位劳动者
都是激情飞扬的诗人
他们手持铁器，像紧握诗意的笔
用心撰写劳动的光荣
用晶莹的汗水
告白铁路，一往情深

我喜欢诗意的铁路
喜欢用诗情画意来描述
一切与铁路有关的事物
譬如，线路上的螺纹道钉
分明是丹青妙手雕出精美的花
检车锤在琴弦般的股道间
敲响，编钟一样悦耳的音符

一年四季与铁路打交道
我能够清晰地分辨火车
悠长的风笛声，来自南方或北方
那种方言上的区别
就像唐诗宋词具有别样的韵味

我的养路工兄弟

那些常年与铁路打交道的人
有许多是我的养路工兄弟
平日里，大伙都喜欢叫对方的诨名
日久天长，我不能准确地喊出
他们的真实姓名

譬如，那个皮肤黝黑的兄弟
一条汗巾，总是搭在脖颈上
大伙都管他叫"黑旋风"
还有那个平日里老实巴交的兄弟
干起活来像一头老黄牛
大伙都喊他"金憨头"

我在铁路工作三十多年
已习惯大伙叫我"秀才"
就像我在老家
父老乡亲都喊我的乳名

那些来自五湖四海的养路工兄弟
喊出的方言或麻辣或酸甜
听起来有滋有味
一如我们栉风沐雨的生活

有一天我老了，是否还会想起
那些过往的人和事
是否还能以 1 435 毫米的标准轨距
丈量出心与心的距离
和兄弟们钢铁般的情谊

趁着如今记忆清明
我想在时光的备忘录里
详细地记下不同时代
不同型号的钢轨、枕木
火车、沿线小站
还有那些新的地名
备忘录中不可或缺的，当然是
与我朝夕相处的养路工兄弟
他们的姓氏和诨名

老钢轨

一段偃卧在郊外的铁路
瘦长的身躯锈迹斑斑
像一部古老的书卷
记载了许多不为人知的往事

翻动记忆，我恍惚看到
一群身着黄色工装的养路工
怀揣热血青春
走进诗一样悠长的铁路
沿线的道砟
宛如一个个朴实的汉字
在阳光中闪耀

他们挥舞手中的工具
像诗人的灵感来袭，紧张创作
他们整理道床、换枕换轨
分明是在收拢一些好词
拆解一些旧句，组装一首新诗

春秋风雨里
他们用汗水写的每一行诗
都是一段闪光的铁路

我与铁路朝夕相伴

我与铁路朝夕相伴，四季为伍
彼此熟悉和了解对方的性格、脾气和秉性
就像父子、兄弟拥有共同的基因谱系
因为血脉相连而心意相通

我们荣辱与共，从一而终
铁路永远都是至亲至爱
我精神的支撑、人生的主题和核心
生命中不可或缺的部分

铁路也有与我一样的肤色和体温
我们相亲相爱
不经意间，我总能够触摸到它的心跳
它的柔软，那是一种生命的韧性

我能够读懂铁路的梦想、担当和勇气
感知到它的酸甜苦辣和喜怒哀乐
我喜欢在高温酷暑、挥汗如雨的间歇
抑或冰雪交加、暴风骤雨过后
深情地打量铁路
每当一列列火车安然通过
我会禁不住泪流满面

我喜欢与金属有关的物件

我喜欢扳手、虎钳、压机、撬棍
这些与金属有关的物件
外表粗粝、笨拙，却憨态可掬
像性格质朴、饱经风霜的老工人
一双结满厚茧的手掌
曾与这些分量十足的铁器
亲密接触过无数次。日久天长
便成了记忆中的符号之物

记得我第一次拿起撬棍
使用"洪荒之力"，与师傅们一道
拨弄长达 25 米、重过千斤的钢轨
在"嘿哟哟，嘿哟哟"的劳动号子
在铁与铁、铁与肉相互碰撞
发出的"咝咝"呻吟声中
我感知到了每一寸肌肤
和绷紧的神经所带来的艰辛与快乐

此后，我喜欢上了钢轨、铁器
这些品格优秀的金属
就像我的师傅们敦厚、纯良、笃实

日常生活中，我喜欢与他们打交道
一如我喜欢与铁器频繁而持久地
亲密接触、交谈
谙熟他们的方言、语速和腔调

路情绵绵

我相信，工地上流淌的汗水
会携带粉尘和铁分子
渗透我的身体
日久天长，时光的粉尘
会凝结在我体内
成为某种坚硬的物质
譬如道砟、石子
铁分子是不可或缺的元素
与我的血液融为一体

我相信，汗水的浇筑
会长成枝繁叶茂的钢铁大树
就像广袤的大地上
纵横交错的铁路
无论走到哪里，我都能
感知自己肩负的重量和责任

若干年后，当我回归故里
我相信，相伴一生的铁路
也会追随我，在故乡安营扎寨

阳光下的铁路

雨后，阳光下的铁路
闪烁七彩光芒
奔驰的列车像飞船
在波光潋滟中航行
钢轨，蜿蜒八千里云路

晶莹剔透的道砟
铺满了一路的翠玉
浩渺烟波的江南
氤氲了万箭齐发的磅礴
风笛，吹奏天籁之声
群山婆娑，为之欢呼雀跃
万物尽情赞美

阳光下的铁路，彩虹般绚烂
那些美好的词汇，五彩缤纷
犹如玛瑙翡翠，聚集心头
幸福的闪念，数也数不清

月光下的铁路

我身体里有一条铁路
被月光照亮
我胸腔两侧的肋骨
就像岁月埋设的枕木
透明，富有韧性
堪比千年楠木

我脉管里涌动的铁分子
晶莹剔透
宛若钢轨下的道砟
我的血液在燃烧
我想象每一粒道砟
在月光下熠熠生辉

列车挟裹着春秋风雨呼啸而过
岁月的轮对与钢轨同频共振
发出的声响高亢、悠远
重复、单调，生动、朴素
心灵感受到自然的安宁

沿线灌木丛中，蟋蟀一声高、一声低
仿佛天下母亲呼唤晚归孩儿的乳名
夜幕下，恍惚有一道烛光
摇曳的村庄
闪亮在母亲慈祥的目光里

我的梦幻列车

无垠的旷野，万物繁茂
高速铁路如同庄稼抽枝拔节
苗壮成长，赛过老家门前的香樟树
茂盛的根系，深入故居庭院

那是我儿时构建梦想的后花园
春天，有蝴蝶和燕子飞
童年总在斑驳的青石板上午睡
蓝色的梦寐里，我在故乡
修建了一条通往远方的铁路

那是一条洒满星光的铁路
沿线散发银子的光泽
我驾驶梦幻列车风驰电掣
转瞬间，从青年开到了中年
一梦醒来，记忆的绿皮火车
已成为复兴号动车组列车

一只蝴蝶，飞进我蓝色的梦工厂

这是我的工厂，日月星辰
装饰我蓝色的梦工厂
十万亩芳华冶炼基地
青春的炉火正旺
时光锻造红彤彤的理想

流水线作业的人
汗水飞溅出速度和脆响
与质检小锤轻敲的静谧
混合成迷人的交响乐
天籁之音
令钢铁河流都荡漾起来

这里，分明是我心灵的乐坊
一只紫蓝色蝴蝶
牵着春风的手，跑进梦工厂
轻盈的蝶影
从青花瓷的蓝颜里飞出
宛若一个调皮的小精灵
时而，飞到刨床、铣床边
转瞬又掠过黄色的头盔
不经意间，飞上高高的脚手架

轻吻我紧握焊枪的手指

恍惚间，我又看到一只蝴蝶
飞进我的梦工厂
这是一只穿连衣裙的蝴蝶
采来霞光，为我的梦幻列车涂上彩妆
摘下白云，为我的梦幻列车披上围巾
尔后，恋恋不舍地飞走了
我相信，这只多情的蝴蝶
还会飞回来

合欢树

武昌桥头堡下
那株合欢树无比葱茏
绿色的枝叶繁茂、蓬松
粉嘟嘟的花儿点缀其间
如红黄白色锦缎织就的华盖

时有看江、看桥、看风景的人
绕树三匝，拍照留影或者小憩
那些幸福的人在桥下看火车时
我和养桥工兄弟就是最靓的背景

当我们从大桥下走过
合欢树迎风摇曳
仿佛加冕的华盖，随影而形
飘落的花瓣，是赐予我们的彩币

在火热的工地上

天空展开蔚蓝的背景
太阳点亮耀眼的白炽灯
铁路工地就像一个舞台
每天上演《劳动光荣》的歌舞剧
铁路人是主角
每个人都是本色出演

我喜欢看精彩绝伦的演出
——铁路施工大会战的场景
现代化机械铁手臂，灵巧地
拉开"钢铁之舞"的序幕
手握内燃捣镐的养路工舞风刚劲粗犷
彰显阳刚之美
凌空走线的接触网工舞姿轻盈曼妙
一如飞燕矫健
挥舞信号旗的防护员舞法标准规范
尽显潇洒自如
钢花飞溅处，打磨工舞步独特优美
分明跳出了"花样舞"

火热的工地上
一年四季都有

身着黄色、蓝色工装的铁路人
在烈日下、风雨中、雪霜里
"舞动"最美年华
"舞动"岁月峥嵘
把青春和汗水挥洒在岗位上
把对铁路的热爱融入执着的信念中

他们是铁道线上最美的舞者
日日夜夜用钢铁的力量演绎
奋斗追梦的精彩故事

我想用笔抵达钢铁深刻的内涵

劳作之余，我喜欢坐在铁道边
看来来往往的火车
或快或慢，由远及近
又轰隆着奔向远方

阳光下，悠长的铁道线
像一根温暖的脐带
联通着我的乡愁和思念
每一趟过往的火车
都会扯一下我的心脉

我就喜欢这样，静静地
看铁路悠长
听笛声飞扬
火车来来往往

沿途小站，像一枚枚邮票
把我的相思遥寄远方
我相信，总有一趟火车
会途经我的故乡

钢铁音乐厅

走进铁路
一如走进气势恢宏的
钢铁音乐厅。沿线车站、工区
工厂、列检所组合的乐队
机车工电辆成为最佳拍档
四季合奏主题永恒的旋律

天籁之音
源于火热的工地
出自一线能工巧匠之手
穿黄马甲、蓝工装的铁路工人
在铁道线上躬耕劳作，挥汗如雨
宛若琴弦上跳动的美妙音符
雄壮的号子
击响生命澎湃的鼓点
捣固车、打磨机、冲击镐开足马力
犹如弦乐、管乐、打击乐手轮番登场
机器的轰鸣，与鼎沸的人声混响成
一曲又一曲扣人心弦的交响乐

钢铁音乐厅的每一刻都轰轰烈烈
白天激情豪迈，夜晚热情奔放

阳光、弧光、萤火、星月交相辉映
岁月如歌，劳动者的身姿被时光定格
每一个瞬间都是生动唯美的造型

每天，我看到铁道线上千军上阵
共同演绎英雄交响曲
每天，我都像一名乐手优美地抒情
我的身心与金属的音律融为一体
我听到了钢铁内心的高山流水

音乐工地

在铁路工地干活
耳畔总有金属之音回响
或清脆悦耳，或铿锵有力
节奏分明的律动
仿佛与心跳一个频率
令人沉醉其中

我喜欢听列检小锤敲击车轮
发出的轻灵悠远之声
犹如编钟鸣奏古音古韵
我喜欢听扭力扳手碰触螺栓
发出的自然纯粹之音
犹如山谷传来泉水叮咚

音乐工地，一年四季上演
别样风情的经典曲目
我更钟爱大型交响乐
譬如集中修会战，一双双
长满老茧的手坚韧有力

紧握铁器和机具
在琴弦一样的铁道线上
游刃有余，展开宏大的叙事
令人热血沸腾、斗志昂扬

火车从故乡驶出

母亲说
她常常梦到铁路、火车和我
这样的梦，一做就是三十多年

早些年，我入读铁路司机学校
母亲在梦中看到我驾驶"轰隆隆"的火车
在铁道上"哐当哐当"地奔跑
那模样，威风凛凛

入路后，我成为一名养路工
母亲在梦中看到我高举"亮闪闪"的铁镐
在线路上"嘿哟嘿哟"地挥舞
那身板，健壮如牛

再后来，我成为一名管理者
母亲在梦中看到我手持"亮堂堂"的话机
在工地上"一二、一二"地指挥
那神态，气宇轩昂

其实，一生在乡下务农的母亲
只在电视里看到过火车和铁路
从我离开家乡的那一天

母亲就在梦里
修建了一条通往远方的路
与我的铁路无缝连接

当年迈的母亲第一次搭乘高铁
看到真正的铁路和火车
她笑着说，原来火车这么好看呀
像一条白色的龙在庄稼地里飞

当我陪伴母亲从高铁站出来
回望，时光中悄然远行的列车
将久远的记忆和牵念拉得悠长悠长
我无法向母亲描述当年的蒸汽机车
内燃机车，还有绿皮车的古朴形象

有一条铁路铺在父亲的手掌上

这是一条七十年前的铁路
穿越时光的烟云
如今，依然偃卧于父亲
记忆深处的股道里

当年，父亲和他的兄弟们
用侍弄庄稼的手
在荒原、古道上开凿
在岁月的废都上修建

这条汗水铸就的钢铁大动脉
与父亲血脉相连
我看到，父亲宽大的手掌上
长出了一条铁路

是宿命，抑或前世的约定
我和铁路有了一种血缘关系
就像现在，我抚摸父亲的手掌

那条铁路穿越梦中的山河

今夜，我要在乡下留宿
握紧父亲的手
与那条铁路，相拥而眠

目光向着火车开来的方向

我把自己安顿在了
灌木丛生的山脚下
江水旁的一条铁路边
一个风雨中的小小岗亭
像战斗在前线的侦察兵
刮风下雨的夜晚，我要出去
一趟趟巡逻，我和我的兄弟
精心养护的那一段线路
头灯照射在轨面上，留有我的
倒影和雨水冲洗不掉的汗渍

我迎着风雨踏歌前行
风，从不远处的长江边吹来
夜空中弥漫着江枫渔火的气息
雨水在氤氲的轨面上荡漾
我似乎听到了几粒道砟的呢喃

雨夜巡逻，我时常有种奇妙的感觉
——铁路始终如影随形地陪伴
我的目光似乎被效力强大的黏合剂
无缝对接到线路上，又像铆钉
深深嵌入我的骨头和心灵深处

火车开过来了
我会下意识地
用深情的目光望过去
望着那列火车，冲破寂夜的雨帘
飞驰在我的铁路上、我的视线里
就像我的童年，须臾不离母亲的照料

一场雪的邀约

这场雪，一定是来自盛唐
一朵朵富贵的雪花
像银币，抛洒喜庆的时光
铺陈在广袤大地上

我看到，一群人在铁路护栏外
堆雪人、打雪仗
每个人的脸庞都写满吉祥

远方传来笛声
一列火车欢快路过
沿线，我的养路工兄弟
深情地行注目礼

火车远去，雪花曼舞
我的兄弟们露出笑容
继续前行
他们深一脚浅一脚
滑翔在结冰的路基上
脚板发出嘎吱声
趔趄的身姿，看上去
竟然也如此美妙

工区里色彩斑斓

我的养路工区与铁路毗邻
铁路两边，遍布夹竹桃、桧柏
野生向日葵和丛生的杂灌

阳光好的日子，总有蜜蜂、蝴蝶
和一些不知名的鸟儿光临
色彩斑斓的小精灵结伴同行
像走村串户的文艺小分队
常常在我和兄弟们间歇时
不打招呼地来到工区，汇演

工区大院内的那片菜地
像一个铺设锦缎的大舞台
蜜蜂"嗡嗡"地调试音响
蝴蝶们迫不及待翩翩起舞
几只鸟儿在石榴树上跳来跳去

我看到其中一只灰色的麻雀
——就是跛脚的那只
我不敢直视，担心它就是我
童年用弹弓打伤的那只

不过，我喜欢听鸟儿们歌唱
喜欢它们在铁路边唱《平安曲》
悠扬的风笛，与清脆的鸟鸣交响
分明是我谙熟的乡音

其实，我最喜欢看蝴蝶们跳舞
喜欢它们在铁路边跳《思乡曲》
恍惚间，我把那些身着彩服的蝴蝶
看成是乡下，我那爱穿花衣裳的邻家姊妹

把阳光和鲜花种在铁道边

好多年了，我不敢吐露这个想法
它太美，美得像童话
我太爱眼前这条铁道线的悠长
爱荒原中寂静的美好
一如爱我被时光打磨得锃亮的生活

无须追溯，我怀揣的诗情画意
像遗传了父辈基因的种子
源自故土的培育和滋养
这份沾满泥土草叶气息的诗意
一直被我贴身包裹
安放在心灵深处
每当我邂逅来自故乡的火车
都会不由自主地敞开胸襟

多少年过去了，无论我走到哪里
心中绵绵诗情始终与我如影随形
以至于，每当我听到火车的笛鸣
都会下意识想起亲人喊我的乳名

现在，我想把珍藏已久的诗意

像种子一样全都撒在铁道边
沿途，种植大片的阳光
让繁花似锦的风光绵延四面八方
让开往故乡的火车四季飘香

焊 枪

一定是我手中的焊枪足够硬朗
喷薄的焰火，点亮了苍穹
不然，额头滚动的汗珠
为何鲜艳成一颗颗小太阳

晶莹剔透的汗珠
瞬间，幻化为七彩云霞
笼罩在火热的工地上
火辣辣的太阳，激情澎湃
我分明看到身边工友
湿漉漉的黄色工作服
烙印出醒目的油彩画

热浪滚滚，工友们的干劲
更比热浪高
我用紧握焊枪的手
轻轻擦拭焊缝
验证了一下汗水
与铁水完美地结合

道　砟

走进铁路，你不能够轻视
脚下的每一粒道砟
它们都有一颗笃实的心
一粒道砟的轻吟，或许微不足道
无数粒道砟发自内心的呢喃
却能让你感受到心灵的震撼

每一粒道砟的骨骼里都蕴含赤诚
酷暑寒冬里会变得钢铁般坚硬
风和日丽时则像江水般宽厚

走进铁路，你真的不能轻视
脚下的每一粒道砟
哪怕是散落在沿线、荒原深处
它们都是安全守护神
日夜守护列车，风雨兼程

铁路方言

我听到来自钢铁内部的声响
带有磁性，似留声机
播放的古典之音
具有速度和力量的韵味

那是火车在铁路上奔跑
吟唱幸福的歌谣
时而高亢，时而悠远
像一种激励，似一种抒情

万里铁道线上
那些手比、眼看、口呼
吹着喇叭、喊着劳动号子的人
南腔北调。天长日久
哼唱的小曲都是铁路方言
钢铁的母语
掷地有声，像铮铮誓言

铁道边的伙伴

一群蚂蚁与铁路毗邻而居
搭建的巢穴，像公寓
弥漫钢铁气息

季风找来云朵和干草
阳光折叠的床褥温暖而接地气
铁道边，蚂蚁们的家
与沿线小站、工区，遥相呼应

这群喜欢铁路的蚂蚁喜欢上了
常年从家门口呼啸而过的火车
喜欢聆听悠扬的笛声
和车轮与钢轨合奏的铿锵之声

旷野深处，这群蚂蚁习惯了
沐浴岁月风雨
它们是火车的伙伴
沿着铁道线寻找家园

它们心中有爱
爱有铁路的地方
爱铁道边的泥土和草根

火车情缘

小时候，我喜欢爬上后山坡
在晨曦中看火车从村落穿过
喷薄的阳光照射在树梢上
鸟儿纷纷离巢
与吞云吐雾的铁龙，齐飞

上学后，我喜欢电影《铁道游击队》
常常在太阳快要落山的时候
静静地坐在池塘边，吹响芦苇哨
为悠悠汽笛伴奏
我的思绪像奔驰的骏马
一路追随飞快的绿皮火车

长大后，我的梦想成真
成为千里铁道线上一名养路工
从此，我与铁路心心相印
铁路与我休戚与共，情感相连

如今，三十载春秋转瞬即逝
那些奔驰在岁月轨道上的火车
已成为我人生的最美风景
生命中不可或缺的部分

铁道边抒怀

闲暇时，我常坐在铁道边
放牧时光，与钢轨对话
往来的火车，像一道道闪念
在心湖里荡起涟漪

这么多年，我不知道自己
为什么如此喜爱眼前这条铁路
就像我喜欢一个心爱的人
即便短暂离开，始终有一种
放不下的牵念，萦绕心间

不知不觉，岁月在我脸上镂刻
螺旋皱纹似乎增添了许多
来来往往的火车也快了很多
而我一直安营扎寨铁道边
就像工区院内的那棵老槐树
从来不为春秋风雨所动

三十年了，槐树还是老模样
阳光好的日子，常有麻雀
喜鹊跃上枝头。我深信
生活在铁道边的鸟儿
和痴情的我一样，也是幸福的

月光落在钢轨上

晚风轻轻推开银色栅栏
月光落在悠长的钢轨上
照亮夜色笼罩的沿途小站

火车如约而至，像一尾剑鱼
从时光的源头游来
又仿佛一颗流星，划过夜空

明亮的火车，向着明亮那方远去
远方又传来悠悠笛声
时有原野中的小虫，和吟

落满月光的钢轨，在夜幕下
闪闪发亮，宛如一条长河
在岁月深处动情地诠释静水流深

祝　福

当夕阳噙着眷恋
落入暮色初升的苍穹
师傅渐行渐远的背影
定格成了天边的流云
留给我几番惆怅、几许空蒙

独对黄昏下的小径
我已找寻不到师傅的身影
和他遍及荒原的足迹
但我深谙，他对铁路的一往情深

师傅临行前的嘱托，我已铭记
只是我战栗的笔
不知该如何描述
他平凡而不平庸的一生

也许我只能唱一支无言的歌
默默地为师傅送行
也许我只能吟一首无题的诗
深情地为他祝福

用一生的光阴吟咏铁路

那么多的铁，那么多的钢
雕栏玉砌一般
镶嵌，在广袤的大地上
如一幅幅画纵横八方
似一行行诗绵延万里

诗情画意的日子
我想将钢铁的风骨和柔情
连同那些散落在民间的
铁路人精彩的故事收集起来
汇编成一部引人入胜的书

我想以诗作序，以李白的豪情
撰写一首荡气回肠的铁路长诗
用唐诗的豪迈，激情抒发
铁与钢的意志、火一样炽热的心
用宋词的婉约，动情描述
一代代铁路人的岁月峥嵘

我想以画作跋，以唐寅的狂放
创作一幅气吞山河的铁道巨画
用国画的皴法，深情勾勒

钢与铁的风骨，心一样辽远的路
用油画的意蕴，尽情临摹
一个个金色品牌的历史荣光

我想携浪漫的风情，漫步
美轮美奂的诗画长廊
我想乘坐高铁，来一场
说走就走的长途旅行
与复兴号沉醉于旖旎的风光里

我还想携一把千年古琴
沿途将火热的情怀
安放在临近心窗的地方
一路，采撷花香鸟语
和悠悠风笛，为铁路谱曲
并用一生的光阴动情吟咏

养路工的手

养路工张爱国的手
厚茧丛生，掌上的纹路
一条条纵横交错
像铁路编组站的股道
在阳光下闪耀光芒
这是一双被汗水浸润的手
比钢铁坚韧耐磨
其实，我想赞美的是
所有与钢铁有关的物件
譬如大锤，撬棍，捣镐
停靠在沿线小站的列车
在寂静的旷野里，一群
又一群与钢轨相伴的人
他们都拥有一双张爱国
似的手，比钢铁还能经受
岁月磨砺的手

这些骨头比钢铁坚硬的汉子
在旷野中寂静，如沉默的钢轨
列车驶过，我分明听到了
来自钢铁内部的呻吟
如大海的潮汐，沸腾的血液
渴望燃烧

第三辑　人生典藏

仰望大桥

三十年前，一个少年乘客轮到汉口
当他在波涛滚滚的江面上
第一次看到武汉长江大桥的雄伟
惊讶得捂住了嘴巴
所有溢美之词都难以表达
他的崇敬之情

当一列蒸汽火车由南向北
气势磅礴地横跨长江
"轰隆隆"飞过的剪影
随风飘浮着历史的烟云
少年站在客轮上仰望大桥
很久很久，那一刻
大桥拓印在了少年心扉的首页

此后，他时常在大桥下看风景
倾慕的目光，伴随时光列车
飞驰而过，恍如一幅动感的油画
终于有一天，他也成了画中的风景
成了一个专心致志地爱着
万里长江第一桥的"黄衣人"

寒冬酷暑里，那些在大桥上
悬空作业的"黄衣人"
都有好听的名字
可以叫他们"美容师"
也可以叫"蜘蛛人"
他们都有一双长满厚茧的手
从来不惧日晒雨淋、岁月侵蚀

高温下，他们头戴安全帽
脸蒙防尘罩
一双双孔武有力的手，紧握除锈锤
挥动角磨机，发出"唰唰"的声响
炽热的空气，灰蒙蒙里看不清模样
他们挥汗如雨的身姿
仿佛在彩虹上跳舞，很好看，很英武

我的梦之桥

时常梦见成群的喜鹊飞向天空
心怀善意的喜鹊们，衔着一粒粒
金子般闪亮的吉祥如意
还有人世间所有的美好
在银河上铺设通往幸福的彩虹

一只只身着锦衣的花喜鹊
有的搭起云梯，有的飞上枝头
用漂亮的羽毛轻拂雕栏的浮尘
更多的喜鹊满怀喜悦，往来穿梭
在梦境中编织着一个美丽的传说

那些喜鹊环绕天空中，飞翔的姿态淡定、从容
扑扇的羽翼，宛如一段段优美的旋律
欢快的鸣叫，组合成美妙的奏鸣曲
仿若人间天籁点缀着天宇

那些勤劳、善良的喜鹊，忙碌的样子
像极了我的养桥工兄弟
他们在巍峨壮观的武汉长江大桥上
一年四季不停劳作，挥汗如雨
以至于，我时常在梦中

见到万里长江第一桥的身姿

每当我看到喜鹊从眼前匆匆飞过
就会联想到长江大桥上
那些只争朝夕的养桥工兄弟
他们喊出的劳动号子，恍如
时光中的音符，悦耳动听

我喜欢梦中，跨越天堑的武汉长江大桥
每当夜深人静的时候
总有一列列火车从梦中穿过
恍惚中，我看到许多相亲相爱的人
通过大桥相会在我彩色的梦里

大桥人的中秋节

她从故乡发来的甜蜜快递
还在列车上
而他正在武汉长江大桥上值班巡守

夜幕降临，一轮明月悄悄地升起
远远地看去，像一幅油彩画
悬挂在江南岸的桥头堡

他披一身秋风，从江北岸出发
手持信号灯，脚踏江水滔滔
步伐轻盈地赶往月亮升起的地方

每年中秋，她都会在月亮升起的地方
在故乡的小河里打捞一枚月亮
将思念揉捏成甜饼，寄往远方

远方，一列火车开过来
他停下脚步目送火车轻快地奔向远方
那一刻，他分明闻到了故乡的月饼香

动车开过武汉长江大桥

一列白色动车从黄鹤楼经过
轻盈的身姿牵引秋风
浩浩荡荡开过武汉长江大桥

我看到穿行于艳阳里的动车
如同一尾欢快的白鳍豚
飞跃在波光潋滟的江面上
惊艳了鹦鹉洲头的一群水鸟
和许多来汉阳江滩看大桥的异乡人

万里长江"第一桥"之上
身着黄色工装的养桥人
宛若一朵朵迎风招展的菊花
向着明亮的动车行注目礼
牵念的目光与坐在车厢旁
欣赏江景的旅人，相视一笑的眼神
无缝连接成，一座心灵彩虹
一片如水的深情

动车向北，闪电一样奔跑
跑出了快意、激情和中国速度
风笛响处，我分明听到了动车

与大桥的喃喃私语
它们在动情讲述中国铁路故事
祖国的繁荣昌盛

武汉长江大桥六十五周年记

八个桥墩像亲兄弟，肩并肩屹立
巍然不动
任凭六十五载春秋风雨
江水一样无声地流淌
那些沉淀于岁月深处的沙子
一如代代养桥人接力传承的故事
无须打捞
百万颗铆钉像宝石镶嵌钢梁之上
熠熠生辉
时光砂轮机早已打磨掉了
锈蚀、虚浮的成分
季风刮过钢梁发出的声响
依然骨感十足

那些遗留下来的斑驳印迹
分明是日月写给大桥的情书
如同阳光、空气和水
被养桥人秘密收藏于掌心
厚实的老茧，隆起的部分暗藏
一场场雨和生硬的风
在骨头里发出呼啸之声

开往武汉的列车

开往武汉的列车
身披大爱织就的锦衣
带着春天的祝福
一路向前，畅通无阻

风驰电掣的列车
如同大动脉里奔涌的热血
汇集成一条条生命之河
沿途小站行注目礼

无数铁道卫士如同"摆渡人"
栉风沐雨，全天候接力护卫爱的通行
机车工电辆齐心协力
给列车插上翅膀
飞越高山，飞过大江大河
飞往黄鹤故里
逆行的身影定格成
铁道线上最美的风景

穿越南北的幸福写意

从北京出发，踏上复兴号列车
我心头始终洋溢着无边的喜悦
这是祖国的秋日，惠风和畅
我要带着一年好景，到蔚蓝海滨——鹏城
探望我的女儿，一个怀揣梦想的女儿

复兴号，牵引着一个父亲的惦念
沿着京广高铁一路向南，翻山越岭
在江河上行走，在大别山脉逶迤
在黄河上高歌，在长江两岸吟诵
如同穿行于一幅山水画卷间

过赤壁，临岳阳，跨汨罗
我看到一座座青山牵手碧水
宛如无瑕的翡翠镶嵌于天地间
令我顿生怀古听涛的闲情雅致

出长沙，至株洲，跨湘江
我看到一阵阵风吹稻穗千层浪
隔窗，闻到了遍地金黄谷物香
炊烟袅袅处，收割机在稻田里穿梭
我仿佛置身于丰收的景象里

过郴州，越南岭，穿大瑶山
我看到一片片恬静的田园里
一会儿天青色，一会儿烟雨迷蒙
山冈上，天边飘过的白云幻化成了羊群
这份浪漫分明是江南田园的幸福写意

是的，这是一趟浪漫而幸福的旅程
当我坐在复兴号车厢里
享受智能技术带来的美好出行体验
人性化的舒适和唯美难以用语言形容
令我开启了穿越时空的梦幻之旅

从首都始发的复兴号列车，牵引着
一个父亲的惦念飞驰
窗外瞬息万变的风光，分明是时光之手
在轻快地翻阅一幅幅新时代大美图景

赴一场春天的盛会

我是收到燕山深处飞来的
一朵雪花的请柬
于立春时节，与友人共赴
一场春天的盛会

我是从山雀子噪醒的江南出发
怀揣一瓶桂花佳酿
乘坐高铁列车，一路向北
去邂逅一场冰雪奇缘

当我抵达首都北京，走进冬奥会
一如走进美妙的童话世界
水晶鞋、冰丝带、冰墩墩
这些妙趣横生的词语
成为跨国界联通情感的"法门"

当我在北京，第一次邂逅
"瑞雪迎春"智能型复兴号动车组
我惊艳的目光，久久定格在
那一身亮丽的雪花图案和科技蓝
智能化与人性化完美结合
让我深刻感受到中国高铁的气韵生动

科技和友谊点亮的冬奥之路
跨越五湖四海、大洋大洲
全世界不同的雪花来这里汇聚
凝结成一朵共同的雪花
心心相印的雪花，在这里
演绎着最美的诗音画

看！镜面般光亮的溜冰场
一如洁净的宣纸
那些冰上舞者，韵律十足
仿佛画师自在地挥毫泼墨
尽显现代与复古风情

瞧！洁白的滑雪道
宛如闪亮的琴弦
那些飞翔的健儿，身姿轻盈
分明就是一个个跳动的音符
共同演奏着一支和平曲

追！我乘坐的智能型复兴号动车组
快如闪电，往来穿梭于延庆、崇礼
恍如凌波微步，从一首诗里走出
又走进一幅画中
我看到长城内外，京张高铁沿线
无数铁路人以勇毅担当保驾护航
为"双奥之城"增添一抹别样风韵

不夜编组场

一条条股道诗意地铺展
一节节车辆接到指令
月光牵引，排兵布阵
一条条银龙
从"驼峰"高地欢快地滑行
似跳动的音符，响彻天际

不夜编组场，宛如
一张巨大的古琴
摆放在九省通衢之地
夜幕下，一群铁路人通宵达旦
合力弹奏动人的交响
来自四面八方的大爱之音
人间的天籁，扣人心弦

恍惚间，我听到残雪消融
万物复苏
我看到彻夜不眠的信号机
像星星点灯
灯光里有晶莹的泪花在飞

鏖战风雪图

天空阴沉着冷色的脸，一日三变
先是寒风，接着冻雨，尔后飞雪
一夜过后，积雪厚厚地铺满大地
一张洁白的宣纸，跃然眼前

我看到一队夜巡归来的铁路人
迎着凛冽的风，渐渐加快了步伐
深深浅浅的脚印，像动画中的起笔
层次分明、美观，富有立体感

雪花依旧漫天飞舞
更多的铁路人从四面八方赶来
彩墨一样融汇其中
数不清的黄色工装，像绽放的菊花
一朵朵迎风摇曳

那一刻，我听到了寒风的喘息声
铁铲的敲击声和雪的尖叫声
伴随着一滴滴汗珠落地有声
一幅气势磅礴的"鏖战风雪图"妙手天成

天窗点

无须释义 "天窗点"
这是铁路人自己的方言

就像现在，我打开 "天窗"
将明亮的时光
安放在特定的区域
我和我的兄弟们便可以
在拥有的钢铁领地上
放心劳作

"天窗点"，一个颇有诗意的词
在大伙儿心中
就是一句通俗易懂的诗
可意会，亦可言传

无论风霜雪雨
还是严寒酷暑
只要 "天窗" 命令下达
大伙儿就会义无反顾
奔赴各自岗位
一边激情地干活
一边说通透敞亮的话

汉宜铁路，青春栖居之地

动车飞驰在江汉平原
一路穿山越谷
宛如端坐云朵之上

沿途风光无限，眼前这些站名
——汉川、天门、仙桃
熟悉又亲切，令人赏心悦目
再往前走，就进入沪汉蓉铁路腹地

动车如白驹，日行千里
窗外，大片的云朵
飘过仙桃西站。我的目光
与锃亮的钢轨轻轻拥抱
短暂的一瞬，内心擦出火花

暖阳芬芳的日子
时光平静而安详
旅人们看到高铁飞驰而过
却看不到风景以外
还有一群打磨夜色的人

夜幕下，汉宜铁路如此静美

白炽灯雪白的光芒，照亮前方
朝气勃发的汉子
宛如一只只"啄木鸟"
忙忙碌碌，不停歇

灯光擦亮钢轨
又在远方闪了一下
我看到汗水与尘土
在岁月深处凝结
身材健硕的汉子们
像一尊尊迷人的雕像

星夜，与高铁共话桑麻

高架桥上
小心翼翼地清点工机具，我们
像起早贪黑的庄稼汉，下地干活之前
一遍遍擦亮农具。"磨刀不误砍柴工"
我的养路工兄弟都深谙劳作之道

我们全副武装走进暮色中，庄重而虔诚
仿佛去赴一场盛大的仪式
高架桥上搭设的舞台
与斑斓的夜空融为一体

沿着月亮攀爬过的山梯往上走
星星就在身旁，伸手可摘
我们的身影时隐时现
宛如一只只飞出时光的萤火虫

夜幕下，我们在高铁线上"绣花"
火一样的花儿绽放在夜色中
划出一道道优美的弧线
如同燃放的礼花绚丽灿烂

光彩夺目处，我们劳作的身姿

一如头朝大地、背对星空的农夫
心心念念地，与高铁共话桑麻

说不完的悄悄话
只有远去的火车能够听懂
只有与钢轨心脉相通的人才能破译

高铁夜画

晴好的夜晚，高铁检修工地
宛若一幅动感十足的油彩画
张贴在满天星斗的夜空
时而被朦胧的月光折叠又舒展

色调更深的夜色里，一盏盏头灯
恍如一滴滴晶亮的墨汁，随风荡漾
与一串串虫鸣，融合渗透
滴落在流光溢彩的画布上

高铁借月光勾勒出一条条银线
我们在光线里集结，饱蘸汗水
精心构图布局，泼墨成画
月亮在画外游走，精妙地广告

寰宇之夜，星星掌灯
广袤无垠的旷野
为我们留出足够的空间
开办一场又一场巡回画展

以劳动唤醒黎明

把颠倒的生物钟
调到月亮升起的时刻
我们去郊外唤醒沉睡的山岚
联袂举办一场高铁演唱会

晚风拉开夜的帷幕
萤火虫提着小马灯，如约而至
夜莺不请自来
在银月的光辉中，跃跃欲动

高铁架起银色的琴弦
我们身着靓装闪亮登场
一盏盏晃动的头灯
像一个个亮丽的音符

这是一场没有明星的演唱会
我们就是炫酷的"主角"
潇洒、从容地走进旷野中心
娴熟地演奏《高铁之梦》

劳动号子与机械轰鸣
时而急促，时而嘹亮

混合成一曲浑厚悠长的交响乐
惊艳了星夜赶路的小兽

打磨机旋转的焰火
如天女散花，旖旎多彩
灌木丛里的虫儿禁不住
以美声唱法来伴奏

今夜，月亮见证了我们
用力的美学，力的旋律
奏响天籁之音，唤醒睡眼惺忪的黎明

四季诗行

梦，从汽笛声中醒来
青春像一列绿皮火车
在记忆的轨道上奔跑

车窗外，流动的风光
是我四季翻阅的诗行
车厢内，风趣的方言
是我百听不厌的经典
沿途停靠的小站，很小
每天上演的故事很精彩
有欢声笑语，也有泪眼迷离

搭乘青春的绿皮火车，渐行渐远
那些身穿老式路服的人
那些手捧铝制饭盒的人
那些说一口浓重方言的人
那些邂逅爱情成为双职工的人
都在我的青春里，怀揣一颗初心
他们是认真生活的铁路人

火车，火车

一

火车向南或者向北
都是开往家的方向
归心似箭的火车
满载人间的温馨
一路风驰电掣……
一节节车厢游龙般从身边游走
那窗口晃动的人影
像春风中律动的诗句
我就在这流韵的意境里
用多情的目光放牧思绪
奔跑的火车便成了灵感
不可或缺的一部分
过往的火车能够读懂心思
它们从不在乎，前方的路
有多么遥远，有多少风霜雪雨
它们在乎的是，山山水水
万家灯火，一路平安相随

二

火车就像我乡下的兄弟
常年走南闯北
每当我在铁路边看到火车从面前通过
就会联想到在外打工的兄弟
我想让远走他乡的火车捎上一句话
如果想家了
就跟火车兄弟一起回来吧

三

在人间，我们以钢铁铺设的道路
找到了生命的来路与归途
我坚信，在某个未知的外星球上
也有用金属物质铺设的道路
那里住着的人类，也像我们一样
喜欢乘坐火车，从人生的起点
到终点，享受生活的精彩

四

我和你，像两列逆行的火车
一个回眸便擦肩而过
只留下思念的轨迹

想起那些老伙计

钢轨、枕木、螺栓，这些物件
就像一群老伙计，相濡以沫
长年累月奔忙在工地上
把终生交付铁路，而不舍离去

若干年后，我时常想起那些劳作的场景
还有，那些从前的时光
火车不紧不慢
蒸汽机车轰隆隆升腾起白色雾气
内燃机车哐当哐当一路奔跑
沿途停靠的小站，绿皮车上装满
蔬菜、粮食，和数不清的乡愁

如今，复兴号列车风驰电掣
透过减速玻璃，我看到窗外
有一条老线在流动的风景里
始终追随，须臾不离

恍惚间，我又想起了那些老伙计
像一些锈蚀的钢铁，想回归熔炉
成为与新时代铁路紧密相连的一员

我的铁路我的梦

小时候，看到黑白电视机里
火车轰隆隆地爬过陡峭的山峦
我会感到莫名的惊喜
一种渴望像高飞的风筝
被吞云吐雾的气势牵引

不知不觉，我总喜欢趴在窗前
望着村后的山影发呆
梦想有一天，开火车去很远的地方

渐渐地，我喜欢画火车和铁路
父亲的旧账簿，姐姐的日记本
村东头的打谷场，村西头的泥巴墙上
都留下了我的"涂鸦"

遗憾的是，粉笔、蜡笔画不出
火车的威风，铁路的悠长
我只能在梦里酣畅淋漓地挥毫
画出铁路和火车好看的模样

长大后，我怀揣旖旎的梦想
经历人生的陡坡、低谷、隧道

和转弯的岁月。终于如愿以偿
走进了我梦中的铁路和火车

自此，滚滚车轮载着我的理想
和无怨无悔的爱，与时间同行
与我的铁路朝夕相随

风雨兼程，转瞬已过三十余年
三十余年沧桑巨变，我梦中的铁路
长成了枝繁叶茂的钢铁大树
我梦想不到的伟岸模样

如今，每当风驰电掣的火车
从眼前一晃而过，我就如沐春风
我想以大地为宣纸，画山画水
画出一条条通往故乡的铁路

新年畅想

此刻，我想做一名记忆的收藏者
将散落在铁路沿线的往事，一一盘点
那些闪光的事物，每一件都是珍品
浸润着铁路人的心血和汗水
刻录着浓墨重彩的光辉印记

我想以高铁和站房为背景
在心灵深处建一座博物馆
我想将铁道上空的日月星辰画成画
让栉风沐雨的劳动者都成为画中人

我想将铁路线上的春秋风雨写成诗
载入意蕴深厚的中国铁路编年史
我想让所有过往的火车
在新年的站台上
作一次短暂的停留
然后与我相伴，走过万水千山
去举办一次巡展

我想携带绵绵诗情和画意
乘坐身披霞光的火车
周游五湖四海

我喜欢听火车悠扬的笛声
和着琴弦般的钢轨
演奏出一曲曲人与自然
和谐相处的现代交响

我喜欢看小站红红火火
沿途的乡村山寨挂满中国红
我喜欢无数次与复兴号邂逅
沉醉于新时代的万千气象里
在追寻诗和远方的旅途上

我还想以爱的名义
向明媚的春光发出诚挚的邀请
祝愿花好月圆，幸福安康
我还想以深情的文字
写下人间最温馨的祝福
送给每一个亲人、同事和朋友
一个个温润的名词
一个个发光发热的形容词
组合成一首春天的诗

对一把镐的回忆

在岁月的深处，我记忆的仓库里
一把隐藏伤痕的镐，它的外表
像一位饱经沧桑的老人
倚靠着无边的沉寂

它凝重的目光
在尘封的往事中隐耀
它刀片般明晰而微弱地低吟
我分明听到，一颗不甘寂寞的灵魂
比历史更为悲壮和雄浑

它佝偻的身躯，在锈迹斑斑的光阴里
记录着残存的凄风苦雨，我不敢触摸
我所触摸到的只是它一生的光荣
从青春到生命，平凡抑或伟大
令我无以言诉

现在，我不敢惊动它安然的睡眠
它留给我这寂然的宁静和永久的心灵淘洗

撰写铁路的诗篇

撰写铁路，无须寻觅更多的词汇
铁路本身就是一部丰富的辞典
走进去，便能读到许多欢乐和艰险
那些栉风沐雨的铁路人
宛如象形文字，静静抒情

劳作的细节完美而灿烂
在火为金，在土为木
在阳光的大地上就是铁路的根须

一生的故事，起伏抑或跌宕
都成为铁路无法表达的部分
永不褪色的物质风景
生命中最笃实的意蕴
文字以外，金属般深刻的含义

民间铁路

土生土长在民间
在中国农业的福地
铁路与生俱来地成为
所有作物群里巨大的一株

我们用种惯庄稼的大手
侍弄铁路
一如侍弄高粱、玉米
和大豆作物
专心致志，十分虔诚
我们与铁路生生息息
铁路接受我们和民间的风情

我们一代代和铁路
茂盛着生存的热情
为铁路而生，为铁路而死
而我们最终的夙愿是
无论我们走到哪里
都能听到铁路拔节的声音
都能看到铁路健壮的身姿

我们曾经面对广袤的土地

默默叹息，哀叹偌大的国土上
铁路，这种被民间
喻为经济大动脉的钢铁植物
竟如此稀疏

而今铁路与我们命运与共
铁路需要茁壮
需要一种来自民间的养料滋润
于是，我们的汗水和血水
便成了最理想的底肥

黄　昏

当夕阳踏着金浪般的阶梯
悄悄离去
汽笛的诱惑声
被回头的一眸深情
拥入了身后的苍穹
在晚风的柔幔中
黄昏属于我们
属于我们这一群手也粗糙，脸也粗糙
日子过得粗粗糙糙的男人

是的，黄昏属于我们
一群挥舞大锤用十字镐书写
人生的现代牛郎
一群用汗水和忠诚使中国大动脉
畅通无阻的养路工
呵，我们有自己的七月七
自己的黄昏

属于我们的黄昏
是醉醺醺的月牙儿
是借着朦胧翻来覆去读不懂的
仅有的一封鸿雁

是跷起二郎腿，咬一杆旱烟
把时光吐成一串一串的感叹

是热辣辣的视线
固执地把天边的一抹残霞
望成山外飘忽的红纱巾
是轻轻抿一口
也能把许许多多辛酸
侃得无影无踪

是微微一笑就把那次抢险的壮举
省略成一句"小意思"
是免不了发些直来直去的牢骚
是恍恍惚惚走进梦的立体
感觉到恋人的相思，妻儿的温馨
父母的千叮万嘱……
是不知不觉扛起微笑的黎明
走上那条风景线的美丽
噢！那属于我们的黄昏

那条老线

卷起铺盖打点行装
一声汽笛把悠悠情思折叠
几滴眷恋的泪
浇铸在梦的帐篷下
永不滴落

山风轻轻
梳理着抹蛤蜊油的那段往事
小站静静
回想着吃馍喝汤的那段日子
思绪默默
延伸着苦乐无穷的那段年华

呼呼阵风，追随
远行人怅怅地回望
寂寂的足印，依然
栖泊在那条老线上

那条老线缄默着
浓浓的情感盈满眼眶

中国铁路

绵延在天地间，东方世界
960 多万平方公里的土地上
这个值得尊敬和赞美的金属生命

中国铁路，物质和精神的有机结合体
豪情与柔情的化身
华夏延长不绝的纽带
共和国经济腾飞的钢铁翅膀
亿万民众共同撑起
铮铮不折的灵魂

中国铁路
在寒冷的世纪里诞生
在温暖的年代里成长
在今天与未来的结合处
正欣然迈开铿锵的步履
以进行曲的速度
向改革的领域突奔猛进

筑路汉子

竖起来似一座座大山
躺下去似一根根枕木
满身油亮肌肉疙里疙瘩的汉子
须发丛生黑色的森林
不砍伐便长得茂盛无比
不修边幅的汉子
是山里的风、山里的雨
山中旷日持久的日历
记载着一页筑路史

筑路汉子粗粗鲁鲁
感情都很细腻
白天喊号子没命似的
十字镐上下挥舞很带劲
晚上拉开嗓门无所顾忌
高兴的时候呷几口酒
品味千篇一律的故事
抑或胡诌几句蹩脚的诗
叩问远方的爱情

汉子们也有不痛快的时候
在读到一封失意的鸿雁

听到几句不中听的话语
于是大大咧咧骂自己没出息
但过不了多久，他们脸上
又露出自信的笑意

汉子们总是这样简简单单
把轰轰烈烈的日子打发得
平平淡淡却充满生机

第四辑　如影随形

我的工区我的家

火车穿过江汉平原
仿佛在大地上
划出一道优美的弧线
我的养路工区依偎在铁道边
宛如水墨画中一处幽静别致的花园

诗意的庭院，小桥流水
一条青石板砌成的小路曲径通幽
两棵高大挺拔的梧桐树
常绿茂密的枝叶，伸展蔓延
像英姿飒爽的哨兵
遮挡岁月风雨

工区院落里还有香樟树和石榴树
偶尔会有三五成群的喜鹊
和许多不知名的鸟儿光临
它们扑扇漂亮的羽翼，绕树三匝
尔后进行"直播"
将如诗如画的景色
和一些不为人知的事情发到"朋友圈"

我喜欢这里的氛围

喜欢把每天的祝福和问候
写在两条悠长的铁道线上
通过开往故乡的列车，托运给
远方的亲朋好友，一同分享

如今，工区院子里的石榴熟了
像一个个火热的日子
挂满记忆的枝头
我时常采摘品尝
酸甜的滋味
一如母亲腌制的泡菜
散发着故乡泥土的清香
我想告诉年迈的母亲，不要牵挂
我已经把工区当成了老家

我家住在铁道边

火车像是跑了很远的路来到这里
远方的客人如果想歇歇脚
那么，就来我家休息片刻

沏好的云雾山茶火候正好
你只管尽情品尝，邂逅美好
无须担心错过往返的列车
因为，通往诗和远方的铁路
就在我家门口

在这里，抬头即见琴台
望远就是高山。近在咫尺的月湖
水声如瑟低诉，我日夜守候于此
只为，静候知音来访

每天，我在这里看山看水看铁路
听惯了笛声悠扬，习惯了火车
往来时房屋的轻颤
一如在他乡，偶遇故人时蓦然的心跳

与铁路毗邻而居

我与铁路毗邻而居
低头不见抬头见
我们彼此谙熟对方的秉性
铁路像极了我乡下的兄弟
性格直来直去

我喜欢铁路兄弟的坚韧不拔
从来不惧岁月的侵蚀
总是义无反顾，负重前行
铁路，是我近在咫尺的牵念
万里之遥，我也能听到铁路的呼吸
感受到心灵的震颤

每当夜深人静，我的思绪时常会
搭乘灵感的火车
进入梦乡，在山水间深入浅出
三十余年了，我习惯火车的笛声
偶尔听不到风笛声，还有些不适应

家　园

把家园安置在铁道边
我就成了铁路家族的一员

我和铁路血脉相连
仿佛连接生命和骨髓中
不可或缺的盐粒和养分

没有谁比我更了解铁路
一如我谙熟自己
因为，我是铁路的儿子

我和众多兄弟一样籍籍无名
却都是铁路的后裔
承袭了钢铁优秀的品格

我们凭一腔热血和忠诚
填写钢铁般的人生履历
基因谱里留有不可更改的祖传记忆

自此，无论我们走到哪里
至亲至爱的铁路始终如影相随
陪伴我们一路勇往直前

我们用汗水和智慧
在大地上锻造中国速度
用钢铁之魂，照亮
人生的来路与归途

高铁从家门口过

出门就能看火车
习惯了远行的人们透过车窗
看我日常的生活
听到笛声，我会下意识地仰头

当一列火车渐行渐远
离开我的视线
我心中无端地有些不舍
不过，转瞬之间
又会有火车轰隆隆地开过来
填补我失落后的空缺

我是真的喜欢上了白天和黑夜
看火车往来穿梭
无须出远门，我就拥有无数
平安和浪漫的旅行

闲暇时，我喜欢临窗眺望
不远处的高铁来来往往
偶尔，有白鸽比翼而飞
一路无声掠过原野，更远处
一座崭新的高架桥耸立云端

宛若一幅巨雕镶嵌天边
又似天梯，成通天大道
在地平线上闪闪发亮
迷人的景致，触手可及
而我无法用词语尽情描述高铁之美

我是一个思乡的人
常常在家门口喃喃自语
我想让过往的高铁
捎去我对故乡的问候
并将眼前的幸福告知我的父老乡亲

我的故乡和铁路

这些年，我时常梦回故乡
梦里搭乘的火车
总会在熟悉的小站停留
给予我片刻时光
回望，我养护的一段线路

那条铁路，与我朝夕相伴
三十多个风雨春秋
就像我的兄弟始终不离不弃
我们一起把芳华留下
留在了那片热土上

每次，我梦里回故乡
我的铁路和养路工兄弟都会
一路奔跑着送我，好远，好远
沿途，还有许多公里标
向我挥手致意，行注目礼

多少次，我梦里回到故乡后
总会在半夜，蓦然醒来
耳畔，传来蛐蛐的鸣唱
却少了熟悉的笛声伴奏

时常，令我辗转难眠

当我推开老屋的窗棂，望星空
恍惚间，我看到萤火虫一样的星星
像一盏盏泪花闪烁的信号灯
默默地矗立在千里之外的铁道旁
那一刻，故乡的明月也有了寂寞

火车在今夜抵达

斑斓的梦境开放
站牌下一双迷离的眼睛
悠扬的笛声预示着某种默契
善解人意的灯光
蘸动情的月色重温
风中承诺
往事如一首飘不散的歌

月色朦胧
氤氲的话语因久而醇
洋溢小站的温情
青春浩荡
缄默的身影叠印
于诗般的意境
星光灿烂
这巢栖爱情的地方

将至的行期如一首小诗
匆匆写满深情的祝福
无须追问遥遥归期
离别的日子总是默默无语
远去的笛音牵引心绪

溢出的眷念噙着四季深情
挥舞的手帕如星光一缕
目光尽头是记忆
执着的眼睛……

时光列车

我看见时光列车
满载人间悲欢
悄无声息地开往
不为人知的远方

我不知何时搭乘
会在哪个小站停留
亦不知人生的终点

我感知时光列车
托运着我的身体
在岁月铺设的轨道上
一点点磨耗

就像一段淬火的钢轨
从青春到苍老
直至生命终结
我的灵魂一路追随
不离不弃

我的铁路和花街

汉阳车站前路 63 号
乡村式的青砖红瓦房
蜂巢一样掩映于社区僻静处
这就是我的家，与养路工区毗邻
中间有一条通往归元寺的专用线
像一根情感纽带，将我的生活
和命运与铁路紧密相连

二十多年前，这条铁路专用线上
还有运输木材、集装箱的火车
来来往往。"轰隆隆"的声音
就像"穿堂风"熟悉我的家
一如我熟知钢轨、火车的秉性
平日里，我和养路工兄弟出巡
只需轻快地踏着音阶一样的枕木
就能走进一条古香古色的街道
走出烟火气浓郁的都市老巷

闲暇时，我在楼上读书、写诗
我喜欢写赞美铁路的诗
我的爱人在楼下侍弄花草
她喜欢栽种月季、海棠、长春花

让家门口的铁路四季如画
春去春来，铺满鲜花的铁路和老巷
一夜间，成了现代都市人
网红打卡地——浪漫的花街

二十多年了，我一直在此居住
时常漫步于穿过花街的钢轨上
早年，我养护过的这条铁路
如今，它已锈迹斑斑
像一个退休的老工人默默地
靠着墙角边晒太阳
默默地望着废弃的枕木长满苔藓
那是时光留下的回想
看过花开，看过花的美丽

花街，常有鸟雀光临
去年秋天，我看见过一只画眉
在石榴树的枝头上停留许久
此后冬去，花开花落
直到今年初冬我又看见了它
还是那个花痴般的模样
只是面容似乎憔悴了些
一如我对那些老伙计们
思念日久，面颊上留下的印迹

万花筒一样绚丽迷人的花街
总有怀旧的歌声，缓慢地穿过
一首邓丽君的《小城故事》
让我在家门口的铁路边如醉如痴

一听就是二十多年，那句人生境界
真善美，如今还在循环往复中

来花街拍摄花朵的人
都想将最美的花朵定格下来
而我更想将那些发布在朋友圈的花朵
截屏，回放到花街
与这条老铁路相伴，永不分离
成为人世间一段佳话

一朵来自一九九九年的紫罗兰
二十多年后与我邂逅在花街
随行而来的还有几朵
唐朝的牡丹、宋朝的梅花
她们像一母所生的姊妹
穿越千年，都愿意与我
与一条铁路相亲相爱、相伴到老

巷子里

沿着一条旧铁轨往里走
走进岁月幽深的老巷
你会看到一排红砖矮墙
矮墙后面是昼夜不熄的灯光

靠在土墙根晒太阳的老街坊
如今已是子孙满堂
常年望着巷子口的奶奶
还是当年慈祥的模样
侍弄花草的阿姨宛如仙女下凡

巷子里四季弥漫鸟语花香
那条短腿小狗总是迈着丁字步
把知足常乐的日子踩得蹦蹦响
如果愿意，它会牵着你的思绪
往前走，再往前走，就回到童年
回到那个久违的巷子里

我的花街生活

琴台边、月湖畔
乡村式小阁楼
宛如梧桐树上的一个鸟巢

清晨，翡翠般的鸟鸣
穿过薄雾
清风，携带缕缕花香

我从梦中醒来
听到高山流水的声音
还有母亲在佛堂里的虔诚祷告

曦光如水在心里漾开
我与亲人共进早餐
感恩生活赐予的原汁原味

新的一天从春天开始
我喜欢那个在门前种花的女人
她躬身劳作的样子像极了我的母亲

她在我心里种下了一条花街
虎刺梅、万寿菊、玉兰花
每一朵花瓣里都藏有我的诗

兄　弟

在阳光的大地上行走
铁路是我最好的兄弟

我们的血肉包裹着钢铁的灵魂
所有的美丽与重量
鲜明而生动地镌刻在
布满绿灯的征途上

我们吸收了钢铁生长的过程
阳光和风雨
充满我们的全身
我们和钢铁长成一片
钢铁优秀的品格
影响着我们整整一生

父 亲

想起父亲
就想起铁镐、大锤、道钉
这些与铁路有关的金属
敲击这些金属
你会听到一种酷似父亲的
有节奏的咳嗽声
沉沉的并且不露声色
令你周身的骨骼
也随之发出铮铮的声响
这些金属在洒满阳光的钢轨上
散发出沉静深邃的光芒

父亲的火车

父亲一生只坐过一次火车
那还是四十多年前的蒸汽机车
当时他送我去就读铁路司机学校
一路上"轰隆隆"的火车
像马车奔跑在希望的田野

父亲坐在敞开窗户的绿皮车厢
灰白的头发迎风飘飞
像一道道散乱的马鞭
在我心空高高地挥舞

父亲的理想是有朝一日
坐上儿子驾驶的火车
就像骑着飞快的骏马
尽情奔跑在乡村小道上

遗憾的是我未实现他的梦想
只让他在我养护的线路上
看过别人家孩子驾驶的火车

我曾看见年迈的父亲眯缝老花眼
忘情地看电视里的火车

那会儿，父亲眼睛闪现明亮的光泽

后来，父亲终于明白了
儿子所养护的线路
与火车须臾不可分离
原本就是相亲相爱的一家子

母亲喜欢看铁路

我在铁路干活的时候
远远地看到山坡上
有个伛偻的身影
像古色的皮影人
在微风中晃动

我一抬头就知道
那是年逾七旬的母亲
又来看铁路

以前母亲侍弄农田和菜园
农闲时喜欢带我看庄稼
教会我知悉五谷杂粮
辨别稻谷与稗草

如今从乡下来的母亲
老眼昏花的母亲
寂寞时喜欢爬山坡看铁路
其实，她根本看不清
铁路上干活人的模样

但我知道在母亲眼里和心里
那些清一色的"黄衣人"
都是她喜欢看的儿子

陪母亲坐火车

母亲从来没有出过远门
三十多年前我到铁路工作
临别，母亲抹着眼泪送我到村口
千言万语化成绵绵细雨
洒满泥泞小路

那条小路弯弯通向远方
我走出很远，蓦然回首
又看到母亲牵念的目光
从此，母亲有了远方
心中向往儿子走过的地方

年轻时，我承诺过陪母亲
坐火车四处走走看看
母亲总会笑着说
看儿子修铁路已心满意足

如今，不知年迈的母亲
心中是否还有远方
我想陪伴母亲搭乘高铁
北上首都，南下鹏城
好好看看祖国大好河山

就像小时候，母亲牵着我的手
漫步在暖暖春风里
看漫山遍野盛开的油菜花

母亲的彩虹桥

母亲一直收藏着一本精美的挂历
我回家时，她常常拿出来翻看
不时喃喃自语：这画里的桥真美
像彩虹，上面还有火车在跑

我知道母亲赞美的那些彩虹桥
大多是铁路桥
我的母亲，因为在铁路工作的我
喜欢上了看画里的火车和大桥

每次，母亲看画的神情都很专注
有时甚至忘记了，我就在她的身旁
当母亲又翻动一页挂历
总会下意识地望一望我
那会儿，我看到她爬满皱纹的脸上
蓦然有了孩童般的纯真

每次，母亲翻动挂历都很轻柔
颤巍巍的手指，小心翼翼
怕一不小心就弄醒了熟睡中的儿子
那会儿，我又感受到了一种
来自童年的熟悉而温馨的味道

如今，母亲收藏的挂历斑驳了
画中的色彩也淡了许多
但是，老眼昏花的母亲依旧爱看
只是，在她每次看画的时候
都会孩童一样问我，彩虹桥上
到底有没有火车

往事挂在屋檐下

往事挂在屋檐下
挂在母亲伸手可摘的地方
这是故乡的秋天
母亲的秋天

我金灿灿的年龄熟透
在母亲的脑中
随记忆舞蹈

丰收和歉收的年头
母亲总是很小心地守护
这精神的口粮
让母亲熬过
一个又一个凄苦的日子

难熬的岁月
母亲
全靠这风干之物
来填充饥饿的思念
现在
年迈的母亲
已无力摘取
储存过久的相思

那盏油灯

在乡下，我居住过的村庄
那盏油灯，最先让我想起
贫血的母亲
想起，无数个停电的夜晚
母亲以苍白的手指
将我幼小的心灵点燃

透过油灯的昏黄
我清晰地看见，岁月
流经母亲的发梢
无声无息……

此刻，我斜倚都市的孤寂
远望，那盏油灯
微弱的火焰
在秋风之夜，摇曳
仿若年迈的母亲
捧着，一颗跳动的心

贴春联

每年除夕，父亲都会早起
催促我贴春联

灶台边，母亲正在忙碌
熬制的糨糊火候正好

我将门框的旧联揭下
一点点清理去岁的印迹

父亲递来毛刷，叮嘱道：
"刷匀些，厚实些！"

我接过毛刷，缓缓涂抹门框
像父亲用粗糙的手轻抚秧苗

父亲捧出春联，我轻轻贴上
红色的纸张，绽放幸福的光芒

今年除夕，比往年都早
我却听不到父亲催促，贴春联

童年的巷子里

牵着奶奶的手往前走
走进烟火飘香的巷子里
驼背的爷爷紧跟在后头
一根古铜色的龙头拐杖
把青石板敲得"咚咚"响

矮墙上的麻雀总比我起得早
向妈妈磨的豆腐脑香甜润嗓
就像嫦娥从月宫里
偷偷端下来的珍珠白玉汤

袁大婶做的四季汤包
咬一口,满嘴溢出巴适的味道
刘大叔炸出的"欢喜坨"
仿佛火红日子里滚动的"金绣球"

最喜欢蔡林记的热干面筋道爽口
我无法用精美的言语来描绘
满满一大碗葱花芝麻酱香
如往事绵甜,令人长久回味

阳光翻过旧墙头的时候

老街坊的早点摊打烊了
郭阿姨家的那只馋嘴老橘猫
又躲进花坛里开始睡懒觉

奶奶拽着我的手一步三回头
张伯伯家的老黑狗轻摇着尾巴
仿佛在向我挥手。恍惚间我看到
童年的影子遗失在岁月的巷子口

在琴台边居住

高山已成古迹
流水已是名胜
那把搁置千年的琴弦
无人弹奏

龟山下，看风花来来往往
秋月满怀心事
走马观花的人
就像走过自家的院落

月湖畔，酌一杯闲暇
不知跟谁举杯？
凭听过路的人谈论子期、伯牙
我无言以对

路过王家巷码头

听说，这条码头是王氏祖先打出来的
早年我下汉口，曾经路过
好多次，都差点被记忆的拳脚所伤

无须回想，这条码头囤积了太多
陈年旧事，江湖恩仇
这条唯一的航道实在太窄
如何运载人间兴衰，世事荣辱

逆水而上，南岸嘴开过来的船舶
像昨日的沧桑，说到就到了

码头之上
有多少悲欢离合
风来雨往潮水打不湿
历史的纤绳
后来者的目光
还是风一样穿过
让人驻足观望

散装的乡愁

当年，那些爱我和我爱的
老家人，好多已远去
有的，已经与世长辞
有的，还在异地谋生

他们离去的背影模糊
脚步匆匆，一如山坳里的风
了无痕迹，亦如岁月流年
无法挽留

今夜，我怀揣一瓶散装的乡愁
斜倚背街小巷，蘸着暗淡的灯光
下酒，放任思绪踉跄……
在一条失魂落魄的护城河畔

郊外的月光清凉
时而忽明又忽暗，如同我
残缺的记忆
找不到返乡的路标

迷蒙中，我依稀看到
二十年前的那匹瘦马

还拴在老槐树底下
那只纳凉的短尾巴小白狗
还是那么小、那么白

故乡的红蜻蜓

黄昏，漫步大桥下的汉阳江滩
一口人工池塘里
白色和粉红的荷花竞相怒放
几只蜻蜓飞来又飞去
一只倦了的红蜻蜓
歇在一枝含苞待放的红荷上
微风吹过，碧绿的荷梗轻摇

这只漂亮的红蜻蜓
像亭亭玉立的少女荡起千秋
夕阳下，它扇动透明的翅膀
泛着迷人的黄晕
一双梦幻般的大眼睛扑闪扑闪
恍惚间，令我想起故乡
那个身披红色风衣的邻家小妹
哦！这只红蜻蜓一定来自故乡
捎来了父老乡亲久别的问候

片刻，红蜻蜓飞走了
像一首粉红色的诗，飞去远方
我相信它一定还会回来
我用一颗真诚耐心地等待
就像等待梦中的她一样

我一直想着你

时光像一匹老马驮运走了
一年的光景
我的容颜又苍老了些
记忆似乎也健忘了许多

仿佛一夜之间我忘了
春光有多么明媚
鸟语有多么清脆
你馥郁的花香
你曾经给予我的甜蜜和忧伤
让我多么迷恋、憔悴

啊！这一切其实都是虚幻
我只是在岁月深处
让情感小歇了一周
生命轮回里，你是我的春天
我怎能把我的春天遗忘

古老的纺车

将岁月悉心地绕进
这句号般大的纺轮
便有记忆的纤丝
从嘤嘤嗡嗡的纺车声中
牵出一根根动人的情节
把尘封的往事拾掇得
古香古色

或许很少有人知道
这是几代先祖留下的什物
包括年迈的母亲
一辈子也不曾走出
嘤嘤嗡嗡的纺车

这古老的纺车
总藏在一首谣曲的背面
总端坐于寂静的一隅
一如生活在阴历中的母亲
昼也寂寂，夜也默默

这古老的纺车
已经很古老了

无须修饰
正如母亲苍老的记忆
干瘪的双手
从来不惧风霜的侵蚀

老巷故事

从前，你青春，我年少
我们常常手牵手漫步巷子里

那条老巷曲径通幽
像掩隐于都市里的
一把古香古色的琵琶
四季弹奏人间烟火

一路上，你迈着轻盈的脚步
我唱着幸福的歌谣
仿佛两个彩色的音符
在时光的琴弦上跳着梦幻曲

梦幻的街道，走来如梦令般的你
我喜欢在梦的这头
也喜欢在梦的那头
等你！深情地回眸

春　晓

窗外，一只鸟儿鸣叫
它一定是找到了菜青虫
召唤亲人，佐一勺春光
共享人间早餐

这个好时节，万物歌唱
含羞的春水润物有声
我听到海棠轻柔的绽放
一棵竹笋破土而出
一颗露珠从高处滑落
触碰到毛笋的青衣，发出轰鸣
恍惚，大地微微颤动

两岸的杨柳，随风招摇
一江春色摁住了暗涌的潮汐
波光潋滟的江面，泛起涟漪
刁子鱼在啄食漂浮的柳絮

橘子洲头，东边日出西边雨
耳畔春雷滚动，一只蚂蚁抬头望天
气定神闲地赶往领地
云收雨歇，喜鹊又开始叫喳喳

春天，边走边唱

春暖花开时节，我走进铁路
扑棱棱的阳光，恰似灵动的黄鹂
扇动羽翼，正好落在我身上
粉色的鸟儿自带光芒
映照悠长的铁道线，如梦如幻
我回眸凝望的刹那
感动似春潮，澎湃于心房

我想纵情歌唱，高唱一曲《铁道之春》
唱响那激情燃烧的岁月
蜜蜂、蝴蝶闻声而来，翩翩起舞
我唱出那追风赶月的过往
往来的火车拉响风笛，与我合奏，为我鼓掌

我在铁道线上且行且唱
仿若置身于春风荡漾的诗意画廊
我歌唱时，体内蕴含钢铁的力量
绵延不绝，如同往来穿梭的火车
奏出的旋律在时空中回响
呼啸的火车，带着我的歌声奔向远方
又从远方为我携来，辽阔的遐想

秋 韵

我喜爱秋天的唯美
秋阳潋滟下
一枚红叶打着旋儿
从高树上缓缓飘落
至低树的矮桠，继而又轻轻
覆盖住另一枚红叶

我分明听到，一阵叹声的低微
仿若一袭红盖头，悄悄掩映
乡村新嫁娘的娇羞

一枚枚摇曳的红叶
像我随身携带的相思
在秋风中，瑟瑟

一茬茬乡愁，遍布山野
长了又割，割了又长
韭菜般葱茏
四季不败的蓊郁

大雪将至

几只觅食的麻雀
在窗外探头探脑
妻子收起了风铃和镜子
将剩余的米饭搁置在阳台上

两只倔强的流浪狗
在银杏树下抱团取暖
母亲颤微着寒风
送来了一张陈旧的棉垫

门前，飘落的银杏叶
像一枚枚旧信笺
来不及邮寄，便被大地收藏

我从"晚来天欲雪"的诗意里
突然想起故乡、老屋
还有田塍上的那些稻草人
衣衫似乎单薄了些

一只喜鹊

一只喜鹊衔着小半截树枝
从我的头顶飞过
它灰白相间的羽毛杂乱无章
极像一个身穿油污布衣的打工仔
扛着一根厚实的顶梁柱
行色匆匆，走过都市大街
它旁若无人的样子
似乎忽视了我们拥有同一片天空
太阳底下，它飞落至一棵香樟树
轻轻地将树枝安放在鸟巢上
从外表看：鸟巢就像简易的工棚
这只孤傲的喜鹊好像已经习惯
眼前的生活
它哼着欢快的小曲上蹿下跳
不时提起刚劲有力的爪子
仿佛提着爱情
它"喳喳"有味地鸣唱
我感受到了举重若轻
可是，我还是担心
它搭建的简易的爱巢
能否经受住六月的暴风雨
现在，我试着用内心的稳定
收纳一只喜鹊的艰辛和赞美

栀子花

犹记得每年初夏时节
单位院子里的栀子花陆续开放
我便会采撷一些带回家

每天黄昏，年迈的母亲
总是守在门口，静候我下班归来
每次母亲欣喜地捧起花瓣
仿佛怀抱着初生的婴儿，闻了又闻

每日清晨，我醒来闻到的第一缕香气
熟悉又温馨。那种淡淡的清香
恍惚母亲五十多年前的乳香

红月亮

时间停在了那个美丽的黄昏
我的思念也留下了
恍如，多年前走失的小白狗
一直徘徊在五琴路上

一颗心像夕阳西沉
我用一世深情为你谱写的歌
无人弹唱

我想，等月湖畔的红月亮
高挂苍穹
会有一个星夜赶路的人
在夜的深处动情地吟唱
唱出我心中的红月亮

那只黄鹤，像一首诗飞走了

那只黄鹤，像一首诗飞走了
他一直斜倚岁月的雕栏处
望向远方的苍茫……

古阁楼回廊上积满岁月的尘埃
风来过，雨来过，都没有带走
一江春水，绵长的牵念

人世倥偬，一个被光阴斑驳的人
他不再顺从时光的淘洗
这座古楼就是他停下来的理由

风景独好，一个迷恋人间春色的人
眼里和心里都长满爱的芳草
他的灵魂已幻化成一只鸟

一只忘情鸟，留守那片汉阳树
岁岁枯荣，夜夜悲歌
泪目里滴落出晶莹剔透的鹤鸣

镌刻在黄鹤楼上的诗情

时隔千年，为何还不能忘怀
那只黄鹤披着爱的羽翼
一去不复还，带走满江离愁
只将声声鹤鸣留在鹦鹉洲

岁月丛生，爱的芳草萋萋
当年，你放养的白云
还在唐诗宋词里悠悠
一朵朵，像蘑菇的思念
挂满楚天

我对你的那份爱
早已风干成记忆的经卷
被镀金的时光镌刻成了楹联
深藏于黄鹤楼

多少次，我想穿越浩渺烟波去找你
我想借助江枫渔火
在如烟的往事里读懂你

多少回，我站在蛇山之巅
迎着晴川阁飘过的江风

以一把古琴弹奏
滚滚东逝的长江水
分明是千年相思的泪水

窗　外

我看见春风卷帘的时光
随红尘飘荡

窗外，梧桐树上栖满绿色的阳光
一只小鸟干净地鸣叫
翡翠一样清脆

我的心醉了
泪也碎了

心跟铁路一起走

◎ 赵福武

　　翻阅时光之书，我发现自己一直用心、用情撰写铁路以及与铁路有关的人和事。我三十余年的铁路生活，就是这部时光之书中最浓墨重彩的篇章。

　　1988年秋天，我从武汉铁路司机学校毕业，被分配到京广线上一个名叫"金家墩"的偏远线路工区，成为一名养路工人。20世纪80年代，养路工属于重体力劳动，长年累月挥大锤、挖铁镐、换枕木、挖翻浆……我与养路工兄弟一起出大力、流大汗，看到他们默默劳动、无私奉献，心中充满无限敬意。我就想总有一天，把眼前的一切写下来，成为永久回忆。

　　业余时间，我阅读文学书籍，研习写作。我开始接触现当代文学作品，接触到诗歌。那个年代，诗歌风靡一时。我参加诗歌函授培训班，订阅《诗刊》《星星诗刊》《诗潮》《诗林》等期刊，摸索着学、慢慢写。我发表的第一首诗歌《黄昏》，刊载于《人民铁道》报，描写养路工人"伴着夕阳暮归"的场景，表现铁路一线工人不畏艰辛、热爱工作和生活的乐观态度。工区师傅们读后都竖起大拇指，说写得好，写得真实！工长因此还将工区写写画画、办黑板报的事交给我。

文学创作让我找到了人生的新坐标，也因为擅长写作，后来，我成了一名铁路宣传工作者；再后来，我从事过多个基层管理岗位。虽然职务变了，但一颗"诗心"依旧。在干好本职工作的同时，我在业余时间始终坚持文学创作。

铁路是一座巨大的文学富矿，值得挖掘，值得记录，值得努力表达。铁路人每天与钢轨、火车打交道，在线路上、列检所作业，在车站、候车厅忙碌……将汗水洒在现场，把青春奉献给铁路，他们是最可爱的人！日常工作中，我与许多不同工种和岗位的一线工人相识相知，我发现无论是车务、工务、电务还是机务人，他们工作大多辛苦、单调。但我很少见过他们怨天尤人，他们很乐观，对生活充满希望。我特别钦佩热爱工作和生活的一线工人师傅们，我愿意用手中的笔，去书写，去讴歌，去赞美，愿意将自己所见所闻及心里的感动和祝福，化成一个个文字、一首首诗歌，通过文学艺术方式将铁路精神传递出去，让铁路故事感动、激励更多人。

我觉得铁路上钢轨、枕木、信号机、奔跑的火车等，都是有生命、有气息，有血有肉，有感情的，拥有旺盛的生命力，闪耀着情感的光泽。只有把铁路当亲人一样，倾注所有的爱，才能写出打动人心的诗篇。

我喜欢用美好、温馨的词语诗意地赞美铁路。我眼里的铁路，似一幅古风唯美画卷。我喜欢把沿线铺撒的道砟，看成是晶莹剔透的玛瑙；把两根钢轨，形容为美丽的风景线；把奔跑在原野中的绿皮火车，比喻为一首穿越时空的青春之歌。我喜欢悠长的铁道线，如琴弦一样，弹奏岁月的美妙。"叮当叮当""咔嚓咔嚓"，那些在静谧时光中发出的扣人心弦的声响，总能轻盈地叩响黎明。

我喜欢用质朴的文字表达情感。我心中的铁路就是一部丰富的辞典，走进去便能读到生活的各种模样——大雪纷飞的日子里，逆风而行的铁路人给钢轨、道岔穿上"保暖服"；高温酷暑的日子里，挥汗如雨的铁路人给整备场、列检所披上"清凉衫"……那些披星戴月、栉风沐雨的铁路人，宛如一个个象形文字，在岁月深处静静地抒情。

我更喜欢文字以外那些蕴含在铁路内部金属质地般深刻的含义。我眼里和心中的铁路，分明是一部有声有色的纪录片，里面刻录了我对铁路的一往情深、无限感恩与祝福，讲述了一个个不为人知的感人故事。

时光如风，岁月留痕。业余创作三十余年，我在报刊上发表了千余篇新闻及文学作品，其中诗歌数百首，今遴选出 122 首汇编成集，致敬最可爱的铁路人！

感恩铁路，给予我成长的大舞台，让我读懂了人生的梦想、担当、勇气和光明。感谢中国铁路武汉局集团有限公司文联领导的厚爱，关心支持诗集的出版，给了我又一个宝贵的机会，去回味、咀嚼激情燃烧的岁月，追寻诗和远方……